中国历朝通俗演义
青少年白话文版 ②

后汉演义

蔡东藩◎著

王 统 张雅婷◎改编

民主与建设出版社
·北京·

© 民主与建设出版社，2024

图书在版编目（CIP）数据

后汉演义 / 蔡东藩著；王统，张雅婷改编. -- 北京：民主与建设出版社，2024.1
（中国历朝通俗演义：青少年白话文版；2）
ISBN 978-7-5139-4447-2

Ⅰ.①后… Ⅱ.①蔡… ②王… ③张… Ⅲ.①章回小说－中国－现代 Ⅳ.①I246.4

中国国家版本馆CIP数据核字（2024）第017696号

后汉演义
HOUHAN YANYI

著　　者	蔡东藩	
改　　编	王统　张雅婷	
责任编辑	金弦　唐睿　宁莲佳	
特约策划	任程民　向春婷　罗双	
封面设计	海凝	
出版发行	民主与建设出版社有限责任公司	
电　　话	（010）59417749　59419778	
社　　址	北京市朝阳区宏泰东街远洋万和南区伍号公馆4层	
邮　　编	100102	
印　　刷	三河市同力彩印有限公司	
版　　次	2024年1月第1版	
印　　次	2024年12月第1次印刷	
开　　本	880毫米×1230毫米　1/32	
印　　张	8.5	
字　　数	211千字	
书　　号	ISBN 978-7-5139-4447-2	
定　　价	699.00元（全11册）	

注：如有印、装质量问题，请与出版社联系。

樊崇

劉盆子

淮陽王劉玄

公孫述

隗囂

桓榮　東海王劉疆　漢明帝　馬皇后　馬援

楊雲
漢安帝
閻皇后
乳母王聖
北鄉侯劉懿

虞美人
漢冲帝
漢順帝
梁皇后
漢哲帝
梁冀
孫壽

目录 Contents

1. 王莽建新朝 / 001
2. 王莽杀王临 / 005
3. 刘氏崛起 / 010
4. 昆阳之战 / 015
5. 王莽亡国 / 020
6. 刘秀灭王郎 / 024
7. 刘秀称帝 / 029
8. 光武帝收降赤眉军 / 034
9. 光武帝平关中 / 040
10. 乱世英豪耿弇 / 045
11. 隗嚣之乱 / 050
12. 光武帝得陇蜀 / 055
13. 光武帝中兴之治 / 060
14. 光武帝驾崩 / 065
15. 班超出使西域 / 069
16. 刘炟继位 / 074
17. 班超讨伐莎车、龟兹 / 079
18. 窦氏专权 / 084
19. 班超再败西域诸国 / 090
20. 英年早逝的汉和帝 / 095
21. 羌人叛乱 / 099
22. 邓太后归西 / 104
23. 王圣逼死杨震 / 109
24. 阉党乱政 / 114

25. 梁冀专权跋扈 / 119

26. 梁氏被灭 / 124

27. 党锢之祸 / 128

28. 阉党害忠良 / 132

29. 灵帝宠幸阉党 / 136

30. 黄巾起义 / 141

31. 桃园结义 / 146

32. 董卓得势 / 151

33. 董卓进京 / 155

34. 众将讨董卓 / 161

35. 讨董军分裂 / 166

36. 美人计除董卓 / 171

37. 曹操大战吕布 / 176

38. 献帝逃亡 / 181

39. 徐州混战 / 186

40. 吕布殒命 / 191

41. 官渡之战 / 196

42. 刘备三顾茅庐 / 201

43. 赤壁之战 / 206

44. 既生瑜,何生亮 / 211

45. 刘备称王 / 216

46. 三国鼎立 / 221

47. 夷陵之战 / 226

48. 蜀魏大战 / 231

49. 三国纷争 / 237

50. 三国归晋 / 242

1. 王莽建新朝

王莽毒死汉平帝又废掉了皇太子刘婴，终于坐上了皇帝的宝座。他称帝后，改国号为"新"，建元"始建国"。

王莽封刘婴为安定公，尊孝元皇后为新室文母太皇太后，立孝平皇后为定安太后。孝元皇后和孝平皇后，一个是王莽的姑母，一个是王莽的女儿，所以仍得以居住在宫中。

当时新朝的辅佐大臣一共有十一人，首列就是王舜、平晏、刘歆、哀章，王莽称他们为"四辅"。四辅以后就是甄邯、王寻、王邑，王莽称这三人为"三公"，还有四人称为"四将"，他们分别是甄丰、孙建、王兴、王盛。

正在这时，徐乡侯刘快起兵讨伐王莽，但很快败下阵来。这件事也给王莽提了个醒，他担心刘氏皇族再生事端，索性将他们全部贬为平民，并改称安定太后为黄皇室主，表示与汉朝断绝关系。只有前鲁王刘闵、中山王刘成都、广阳王刘嘉因对王莽歌功颂德依然被封为列侯。

黄皇室主是王莽的女儿，但她的性情与父亲王莽截然不同。自从王莽篡位以后，她就久居深宫，整日愁眉不展，王莽的朝会她也借故不去参加。

后来，王莽见女儿虽孀居，但年方十八岁了，就想着再给她寻

一个好夫婿。王莽在朝中有不少心腹,但他认为孙建最为忠心,而且孙建有一个儿子孙豫,是个翩翩少年,这不正好与黄皇室主佳偶天成吗?

王莽召孙建前来商量此事。孙建自然喜出望外,回去后就与孙豫商议如何让他取得黄皇室主的芳心。

不料黄皇室主志在守节,拒绝了这门亲事,王莽知道以后也没有强迫女儿。

谁知此事又传到了更始将军甄丰的儿子甄寻耳中。他听说孙豫被黄皇室主拒绝,暗自窃喜,想着这大好姻缘应该落到自己头上。

甄寻知道王莽相信符命之说,于是打算在这上面做文章。他写了一篇符命,说是:"汉室平帝的皇后,应当做甄寻的妻子。"

王莽看了这一符命,怒气冲冲地骂道:"黄皇室主是天下之母,怎么能做甄寻的妻子?"随后就派人去抓捕甄寻。

甄寻听到消息,知道自己弄巧成拙,立马收拾行李逃走了。他的父亲甄丰见儿子畏罪潜逃,自己又无法交差,竟然服毒自尽了。

几天后,甄寻被抓获,他的好友刘棻(fēn)等人也受牵连,全部被定了死罪。甄寻父子因这次事件双双丢了性命,确实得不偿失。

王莽的夫人王皇后生了四个儿子,大儿子和二儿子因为犯罪被王莽逼死,三儿子王安向来玩世不恭,王莽很不喜欢他。唯独四儿子王临还算听话懂事,被立为太子。

为了让太子尽快掌握治国之道,王莽四处招揽有名气的士人来辅佐他。前朝光禄大夫龚胜德高望重很有才学,现隐居在楚地,王莽特意派人前去请他辅佐太子,但龚胜几次称病拒绝了。

龚胜的儿子劝说父亲答应,龚胜气愤地说:"我受汉家的厚恩,正愧疚没有机会报答,如今我已是将死之人了,难道还要去孝敬第二家主子吗?"

1. 王莽建新朝

说完龚胜就让儿子们准备后事,他从此开始绝食,饿到第十四天时,气绝身亡,享年七十九岁。王莽得知此事唏嘘不已。

当时,还有陈咸、郭钦等一批洁身自好的志士,都因王莽专权篡位而辞官。

孝元皇后在王莽始建国五年(13年)二月去世,享年八十四岁。她在世时曾说过王莽得不到上天长久的庇佑,当时,朝廷已经乱象四起,岌岌可危了。

先是王莽命人收回匈奴单于的汉玺,改换了新朝的印章,上面的字从"匈奴单于玺"变成了"新匈奴单于章"。这相当于把匈奴单于的封号降了一级,匈奴俨然成了新朝的臣子。

匈奴乌珠留单于得知后想要回原来的印玺,结果王莽派去的使者早已将原来的印玺劈毁了。

这下彻底惹恼了匈奴单于,他等王莽派遣的使者回去之后,就开始找机会入侵边境。

警报传到长安,王莽正想耀武塞外,于是他又更名"匈奴单于"

为"降奴服于",并派立国将军孙建等人募兵三十万人,准备大举进攻匈奴。

王莽还采取分化匈奴的方式,将匈奴分为十五个部落,册立前单于呼韩邪的十五个子孙同为单于。可他们都各有职位,哪个肯来应命呢?王莽又派人带着金帛前去诱使呼韩邪的子孙前来听封。

匈奴右犁汗王咸抵不住金钱的诱惑,带着儿子投靠了王莽。王莽随即封咸为孝单于,还给了他不少金银财物,他的两个儿子被使者带回长安做了人质。

乌珠留单于听说王莽使了这样一招,恼火至极,当即率兵入塞,大肆杀害官吏百姓。

王莽得知消息也选出十二部统将,让他们分别募兵三十万,各自带着三百天的粮草,同时出发讨伐匈奴。

将军严尤也收到了出征的命令,他认为此次的讨伐计划不可行,于是上疏劝谏王莽,但王莽根本不听。

地方官收到朝廷的命令,四处抓壮丁,掠夺百姓的粮食。好不容易一切都备齐了,又要想法子陆续转运出去。他们不是雇船就是装车,但这些船夫车夫又拿不到多少工钱,也不想卖力干活,各地方募兵讨伐匈奴一事也是一拖再拖。

王莽等了几个月,仍听说兵粮未办齐,于是又派人四处督促。

一些奸臣乐得听命,他们正好趁机作威作福,于是国内的法令越来越严苛,地方政治也越来越乱。

匈奴屡次侵犯边境,外患一天比一天严重,王莽派出的将帅也都不敢出击,任由胡骑纵横边境。

自汉宣帝以来,北方一带已有好几代没有战乱,人口也得到繁衍,牛马满山跑。而王莽与匈奴结怨后,这些地方的人畜来不及迁移,多半被匈奴掠夺了去。

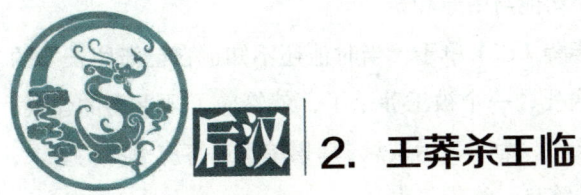

后汉 2. 王莽杀王临

孝单于咸对王莽抓了自己两个儿子当人质一事一直耿耿于怀，后来他重新投靠了乌珠留单于。

王莽知道后一怒之下杀了咸的儿子，他与匈奴之间的关系也进一步恶化。

此时，西夷也发生叛乱。原来王莽篡位后把西夷钩町（dīng）王邯贬为侯，钩町王邯很是不服气，免不了出言不逊。王莽便派牂牁（zāng kē）大尹周钦杀了他。钩町王邯的弟弟为了给哥哥报仇，起兵杀了周钦。

王莽收到西南边境警报，只好选派冯茂前去讨伐钩町。不久又从益州传来消息，说是各蛮夷部落响应钩町，正率兵攻打益州。王莽捉襟见肘，下令冯茂就地征兵征饷，分路讨伐叛军。

西域各国听闻西南地区接连叛变，也生出二心。车师最先叛变，向匈奴投降。高句丽（lí）人也不愿听从王莽的调遣去攻打匈奴，索性沦为盗贼流寇了。

此时，东西南北边境没有一处安宁地，王莽被弄得焦头烂额、寝食难安。朝中大臣却仍对王莽阿谀奉承，说叛乱很快就可平定。王莽也不肯悔过，妄想粉饰太平。

不久，匈奴乌珠单于病死，右骨都侯须卜当执掌大权。他拥立咸为匈奴单于，并劝他与中原和亲。

咸自称乌累若鞮（dī）单于，当时他还不知道自己滞留长安的两个儿子，一个病死，一个被王莽杀了，就答应了须卜当的建议，派使者去向王莽求和。为了表示诚意，乌累单于还答应王莽的要求，释放了早前投降的陈良、终带等人。

双方已经握手言和，乌累单于派出使者，想要迎接自己的儿子登回国。

可登早已被杀，王莽如何交得出人来？权宜之下，只好对外称他刚刚病死。

乌累单于当然没有相信王莽的鬼话，但因为匈奴内部刚刚稳定，不宜大动干戈，所以只能暂且忍下这口怨气。但他放任匈奴兵在汉朝边塞烧杀抢掠。

后来，匈奴派使者索要登的尸体，王莽派人将登的棺木送到关外。此外，王莽还送了很多财物给乌累单于，企图让他改名。

乌累单于得了财物，就依了王莽的意思，改号"匈奴"为"恭奴"，"单于"为"善于"，但他仍纵容部下入塞抢掠。

天凤三年（16年）夏季，王莽听从了几个臣子的意见，一面派王骏等人安抚西域各国首领，一面派宋弘等人向北讨伐匈奴。

之前派去讨伐钩町的将军冯茂，率领大军攻打了两三年也毫无进展，反而劳民伤财，弄得周围的百姓怨声载道。

王莽便将冯茂召回朝，打入死牢。随后，又派将军廉丹领兵前往，但仍然无功而返。

因为军需开支过大，王莽下令开设了盐税、酒税、铁税、名山大泽采办税、赊贷税、铜冶税六个名目向百姓征税。百姓本就因为战乱生存困难，这下更是被逼得无路可走了。不少人揭竿起义，国内变得动荡不安。

2. 王莽杀王临

王莽听闻盗贼四起,只好派人前去安抚他们,说是只要马上解散的就可赦免其罪。但没有人肯听王莽的命令,起义的人反而越来越多了。

天凤六年(19年)春天,王莽昭告天下,称自己会像黄帝一样升天,希望盗贼可以自行解散。

可是百姓们已经看穿了王莽的鬼把戏,没有一个人相信他,反而都在嘲笑他。盗贼们也更加肆无忌惮,越聚越多。

这时,匈奴乌累单于病死了,他的弟弟舆(yú)继位,号称呼都尸道皋(gāo)若鞮单于。

王莽得知匈奴易主,竟然设下一计,诱使须卜当入朝,强立他为须卜善于兼后安公。须卜当是王昭君女儿的丈夫,向来主张与中原和亲,王莽此举是想让须卜当感恩臣服,听命于自己。

呼都尸道皋若鞮单于得知了王莽的做法，气得火冒三丈，立即派兵进攻边境。

王莽派遣大司马严尤和廉丹领兵抵御匈奴。严尤赶紧劝谏王莽说："陛下现在应该先担心山东的盗贼啊！匈奴的事情可以先缓一缓。"王莽不但不听，还将他免了官。

须卜当后来一直待在长安，无法回国，直到得病去世。随后，王莽命须卜当的儿子大且渠奢继承父亲的爵位，并将自己的女儿许配给他。大且渠奢成了王莽的女婿，倒也在长安安心住下了。

王莽的妻子王皇后因两个儿子被杀哭瞎了眼睛，后来孙儿孙女又被王莽下令处死，悲痛之下生了一场大病。王莽就命王临前去照顾母亲。

王皇后身边有一个奴婢叫原碧，生得楚楚动人，她趁王临侍奉王皇后时经常向他献媚。时间久了，两人竟然勾搭在了一块。

但是原碧已经被王莽宠幸，她害怕自己与王临的私情被泄露出去，就怂恿王临杀了王莽。王临早已为情所迷，思考一番便答应了。

王临的妻子刘愔得到父亲的家传，会观星象。一天，她夜观星象发现异常，就对王临说："我看星象异常，宫中可能会有凶灾之事发生。"

王临听了这话暗自欢喜，想着王莽可能将要殒命了。

谁知这时候王莽下诏贬王临为统义阳王，还将他迁到宫外居住去了。王临与原碧的弑君计划便落了空。

王临郁闷之下，给母亲王皇后写了一封信，说是皇上对子孙极为严厉，兄长、侄子们多在壮年死去，现在自己也到壮年了，恐怕是活不久了。

王莽来探望王皇后时恰巧看见了王临的信，不由得对王临起了疑心。

2. 王莽杀王临

几天后，王莽的妻子王皇后病死，王莽不准王临参加葬礼。葬礼结束后，王莽追究起王临的事情，命人逮捕了原碧。经过一番严刑拷打，原碧承认了与王临通奸以及谋逆之事。

王莽气急败坏，立即命人处死原碧。同时还秘密处死了那些审问原碧的官吏，省得他们将家丑泄露出去。

随后，王临也自杀身亡。王莽又将这事怪罪到刘愔的头上，说是王临听了她的话，才做出此事。刘愔无从诉冤，含泪自杀。

这些事发生在地皇二年（21年）正月。这个月内，王莽的儿子王安及孙子王公明、王公寿也接连病死。短短一月之间就发生几桩丧事，王莽却还不醒悟，又命人毁掉汉武、汉昭两帝的庙宇，为自己的子孙腾出下葬的地方。

3. 刘氏崛起

　　钜（jù）鹿这地方有一名男子叫马适求，他听闻王莽残暴无道就打算联合燕赵的壮士入都行刺。后来事情败露，马适求被处死，王莽追究其党羽，总共杀害郡国豪杰数千人。

　　国内群情激奋，不少人想杀掉王莽，复兴汉朝。王莽听到风声，又起了恶心。他让人毁坏汉高祖庙，将这里改造成兵营。

　　当时荆州盗贼王匡、王凤等人盘踞在绿林一带，他们击败荆州牧守带领的军队，气焰十分嚣张。

　　突然一场瘟疫来袭，不少山中的盗贼丢了性命。剩下的人也不敢继续住了，只得四处逃散。王常、成丹等人向西进入南郡，称为"下江兵"，王匡、王凤等人向北进入南阳，称为"新市兵"。

　　王莽得知消息立即派出两路大军分赴豫州、荆州，攻打贼寇。这时，东海又传来警报，盗贼首领樊崇在当地作乱，王莽只得派廉丹等人带兵讨伐。

　　樊崇听说朝廷派大军前来，料定会有一场恶战。他担心自己的手下与官兵混战时分不清敌我，于是下令让他们把眉毛涂成红色，由此号称赤眉军。

　　百姓见战争来临，纷纷逃往关中，人数达到几十万。王莽不得不下令开仓赈济灾民。但由于官吏贪污腐败，百姓并没有获取粮食，

3. 刘氏崛起

饿死的十有八九。

适逢赤眉军兵盛，王莽派遣廉丹与王匡东征赤眉军。到了无盐这个地方，正好碰上土豪索卢恢等依附赤眉军，据守城池对抗朝廷。于是二人指挥军队猛攻城池，消灭了这个依附贼军的土豪。然后将这个好消息报给朝廷，王莽听了很是高兴，立即封赏二人为公爵。

得了封赏的王匡更加热心于平叛，又探知赤眉军别校董宪等人聚众数万，正在梁郡为非作歹，于是就想出兵攻击董宪。

廉丹急忙拦住王匡，劝阻说："刚打下一座新城池，应该先休整一番，等兵士们休息好了再进军。"

王匡发怒说："行军打仗全靠一股锐气，所谓一鼓作气，再而衰，三而竭。这个道理你不懂吗？现在打了胜仗，正是乘胜进军的好时候，你要是胆小不敢去，我愿意一个人去攻打梁郡。"

说完，王匡指挥部队朝着梁郡急速行军，廉丹也只好跟着出发。行军到成昌这个地方，忽然碰上了贼军，贼军排兵布阵，犹如泰山

光复刘氏起兵

压顶般阵势浩大，官军顿时心下惊骇，还没打呢就开始后退。

王匡连连大骂，想要喝止住后撤的部队，却根本阻止不了。王匡一看大势已去，贼人很快杀了过来，急忙掉转马头，逃命去了。逃着逃着遇见了跟随过来的廉丹，扯着嗓子对廉丹喊："贼军很多！快跑！"

廉丹怒视着王匡，说道："能打就跟着我来，不能打就战死！跑什么跑！"

王匡一听，顿时满脸惭愧，低着头不说话。廉丹越想越生气，掏出印绶符节丢给王匡，说道："你跑吧，我是大将，要为国战死！"

说完，跃马飞驰进敌人军中，大战数个回合，被敌人团团围住，最终战死。廉丹的部下看到将军战死，纷纷挥泪喊道："廉公已死！我们还有什么理由苟且偷生？"

最终，全部战死在沙场，只有王匡逃跑了。王莽又下令哀章东行，与太师王匡合力抵御盗贼。

这时，突然冒出来一位汉室后裔，说是要讨伐王莽，复兴汉室江山。这人是谁？他就是汉景帝的第七代子孙，长沙定王刘发的后人，姓刘名秀。

刘秀身高七尺三寸，丰神俊朗，气质超然，确实与众不同。刘秀的长兄叫刘縯（yǎn），胸怀大志，常常与侠士往来。

宛人李守向来热衷星相占卜之术，一天他对儿子李通说道："刘氏不久就会复兴，李氏将成为辅佐的功臣。"李通将父亲的话牢记心中，一心想做个功臣。

碰巧刘秀来宛城卖谷子，李通与堂弟李轶（yì）趁机迎入刘秀，与他商量起义之事。刘秀也爽快答应了，并与他们定下约定。

刘秀回家后将起义之事告知兄长刘縯。刘縯自从王莽篡位以后，就愤愤不平，他暗中结交了不少豪杰，加起来有数百人。

3. 刘氏崛起

刘縯当下召集各路豪杰商议起义,众豪杰都拍手赞成。于是众人四散而出招募士兵,刘秀也积极响应。短短时间内,起义队伍就聚集了七八千人。

李通与李轶兄弟也在宛城暗暗布置,准备响应刘秀。不料事情泄露,李通的家属全部被官吏抓捕处死,李通则逃跑了。

刘縯探知李通家属全部被杀,知道他没办法响应,于是就派人说服了平林、新市诸军的盗贼头目,让他们一起合兵进攻。

后来,刘秀等人与两路盗贼一同夺下棘(jí)阳。刘縯这边却被官兵击败,剩余的部众全部逃散。

此次行军刘縯还带着家人一起,他打了败仗,顾不上家人的死活抢先逃命去了。刘秀的姐姐和她的三个女儿,还有其他数十名族人全部死于乱军之中。

刘縯回到棘阳与刘秀会合,他得知亲人遇害,悲痛万分。

不久,盗贼头目来报,王莽派遣将领甄阜(zhēn fù)、梁邱赐率领十万大军来攻打棘阳。正当大家着急的时候,李通突然出现。他告知众人,自己已经求得下江兵前来攻打宛城。刘秀一行人听闻这个喜讯,自然十分欢喜。

在李通的引见下,刘縯兄弟会见了下江兵的主帅王常。王常见刘縯兄弟气度不凡,不禁肃然起敬。双方当即一拍即合,决定合兵抵御王莽大军的进攻。

刘縯这边有了下江兵的支援,士气大增,部下也都摩拳擦掌等着大战一场。

转眼到了除夕夜,大家都准备过年,这时刘縯突然下令部众连夜出发,偷袭蓝乡。蓝乡守卫的士兵毫不设防,全都喝得烂醉如泥,刘縯带领的小分队很容易就打得他们大败,夺得敌军的军用物资。

众人得了物资,全都喜气洋洋,恨不得立刻与敌军大战一场。

刘縯见士气正盛,又下令众人攻打沘水。

甄阜等人接到蓝乡战败的消息,急得不知所措,眼见敌人又打到眼前来了,只得仓皇迎战。最终,甄阜、梁邱赐抵挡不住下江兵的猛烈进攻,先后丧命,大军损伤大半,剩下的几万残众也四处逃散。

王莽手下的大将严尤、陈茂听闻甄阜、梁邱赐全部战死,料知宛城情况危急,立即率领大军前来驻守宛城。

刘縯也鼓舞众将士,势必一举拿下宛城。两军在淯(yù)阳相遇,刘縯一马当先,持枪冲锋陷阵,其余的将士也全都奋勇前进,以一当十,杀得朝廷大军人仰马翻,四处溃逃。

严尤与陈茂两人见刘縯大军如此勇猛,吓得逃跑了。这一战刘縯大胜。大军进得宛城来,清点投降的士兵,发现人数多达两三万。

这时,刘縯的军队已经发展到十万人了,而且不断有人前来投奔。诸将认为兵多无主,难以管理,想要推举刘氏为主。南阳豪杰一致推举刘縯,但新市、平林盗贼头目忌惮刘縯,打算将一个昏庸无能的人奉为汉帝。这人也是刘氏宗室,叫作刘玄。他们都想利用刘玄,好叫他做个傀儡(kuǐ lěi)皇帝,自己则可以为所欲为。

刘縯为了顾全大局,避免引起纷争,也同意立刘玄为帝。

就这样,刘玄在众人的拥立下即位,接受群臣的朝拜。然而,刘玄向来懦弱,见到这样的大场面,不禁汗流浃背,话都不敢大声说。

等到朝贺结束,大臣们拟定年号为更始。又册封王匡、王凤为上公,刘縯为大司徒,陈牧为大司空,刘秀为太常偏将军。

刘玄称帝、刘縯兄弟攻下多处城池的消息传入宫中,王莽心急如焚,不得不召集群臣,商议发兵之事。

4. 昆阳之战

大司空王邑（yì）和大司徒王寻都是王莽的心腹，他们对王莽忠心耿耿。王莽将攻打汉军的任务交到他们手里。

随后，王邑与王寻召集了四十二万士兵，对外号称百万雄师，直指昆阳。王莽还招募了一批精通兵法之人充当前线军事顾问，又命巨毋霸驱使着虎豹等猛兽前去助阵。

途中，王邑大军与严尤带领的两三万军队会合，一时间，旌旗辎重绵延千里。自秦汉以来，还没有出现过这般规模的大军，好似能横行天下，无人可挡。

这时刘秀奉更始皇帝刘玄的命令，率领王凤、王常、李轶等人，接连攻下数城，现在正留守昆阳。他听闻王莽大军将要到了，就派了一支千人的分队前去阳关拦截。

汉军到了关前就看见王莽的军队正有序前进。大军好似蚂蚁聚集，数不胜数。更奇怪的是领军的大将坐着一辆极大的兵车，身后还跟着一大群猛兽。汉军没见过这般景象，被吓得拔腿跑回去了。

逃回昆阳的汉军向刘秀汇报，说莽军如何厉害，如何怪异，王凤等人听后都是面面相觑（qù），神色惊慌。

唯独刘秀从容不迫，王凤忍不住说道："莽军如此奇悍，这小小的昆阳城怕是守不住了，不如知难而退，兴许能保住性命。"

其他人纷纷点头赞同。不久,又有军报传来,称莽军已经到了城门,大概有十万人。诸将听后更加惊慌,但这时想逃也逃不掉了,只好与刘秀一同商议对策。

刘秀说:"现如今兵少粮也少,突然遇到强敌,只有靠将士们奋力抵抗才能有一线生机,如果望风而逃,怕是很难保全性命。况且昆阳一旦被攻破,敌人便能够长驱直入进攻宛城,到时候宛城也会保不住。诸位不想着同心同力抵抗敌军,却想着先保全个人身家,城破了还能保存那些东西吗?"

王凤问:"刘将军有什么谋划吗?竟敢守城?"

刘秀笑着说:"诸位如果听我的话,那就有一线生机。现在敌强我弱,粮草和士兵都不够,就算是死守城池,也守不了多久。眼下最好的办法是派出去几个人去搬救兵,同时留下大部队坚守城池,谁愿意去搬救兵,谁愿意留下守城,各位定夺吧。"

王凤因为敌军已经围城了,所以不敢出去,因此大声说道:"我愿意守城!"

刘秀又问:"有没有人敢突围出去搬救兵?"

过了好一会都没有人应声,刘秀于是毅然说道:"既然大家都愿意守城,那就由我去搬救兵。"话刚落地,又有一位将军说道:"我也愿意前往。"

刘秀见应声的是李轶,便邀请他一起突围,等到了夜里,又有将军愿意跟随突围。于是,刘秀带着二位将军及壮士十数人,当天夜里乘着月色,偷偷打开南边的城门,骑马而去。

第二天清晨,王邑率兵围攻昆阳城,把昆阳包围了十层以上,然后对着城内发起猛攻。城中守将王凤等人眼看打不过便向王邑乞降,但被拒绝了。

大概过了十多天,昆阳城已经快要守不住了。正在这时,刘秀

4. 昆阳之战

带着援军赶到了,但是人数也不过一万人。

刘秀率先带着数千士兵向着王邑大营冲杀过去。王邑见了也只派出数千人出战。刘秀一马当先,接连杀退数人。诸将见刘秀这般英勇也大受鼓舞,全部跟着冲过去,很快就杀退敌军百余人。

王邑见前军败退,又派出数千人前去支援,但仍旧抵挡不住对方的进攻,纷纷后退。刘秀直抵城下,对着城内守兵大声喊道:"你们不要害怕!宛城兵已经赶来支援了!"

王邑听说也不免有些担心,但他觉得自己人多势众,就算援军来了也不怕,只是下令士兵不得轻举妄动。

刘秀亲率三千勇士组成敢死队,直冲王邑阵营。他们个个以一敌百,完全将生死抛诸脑后。

刘秀的部下个个拼命搏杀,王邑的部下却个个惜命,畏畏缩缩

的。就算王邑人多势众,但很快也被刘秀等人杀得七零八落。就连主帅王寻也被刘秀的部下乱刀砍死。

王邑见王寻被杀也无心恋战了,只好向后退走。汉兵此刻越战越勇,喊杀声震天动地,城中守军见状也趁势发动攻势。

莽军的巨毋霸本来在守营,他听闻王寻阵亡,立即驱赶猛兽向汉兵发起进攻,汉兵吓得连连后退。

在这关键时刻,突然狂风大作,大雨倾盆而来,巨毋霸和猛兽们全部被大风吹得向后退去。但他们身后就是滍(zhì)川,已经无路可退,只听得扑通一声,巨毋霸落入水中,眨眼便消失无踪。

巨毋霸一死,军心立即动摇,士兵与猛兽争相逃跑。这时滍川的水又涨起来了,泅水过河的士兵大多被溺死,王邑、严尤、陈茂等人则趁乱逃跑了。数十万莽兵,除了死亡数万人以外,其他人都逃跑了。

刘秀传令将士不必追击莽军,只是将敌军阵营留下的辎重搬回城去。这些辎重汉军连续搬了几天才搬完。

昆阳解围,汉军欢呼雀跃,更可喜的是宛城也早就被刘縯攻下了。刘縯见宛城守将岑彭忠肝义胆,劝说刘玄给他封官。于是刘玄封岑彭为归德侯,让他在刘縯麾下效命。

宛城、昆阳大捷,一时间汉军声威大震,国内的豪杰义士,纷纷起兵响应。他们杀死牧守,自称将军,并开始使用刘玄的更始年号。

刘縯和刘秀二人立下大功也威名远播,新市、平林众将十分忌惮他们,经常向刘玄进献谗言,说刘縯不除,必定后患无穷。

刘玄被他们一鼓动,也对刘縯起了杀心。一日,诸将借着犒赏三军的名义策划了一场鸿门宴,想趁机杀了刘縯。但宴会上刘玄犹犹豫豫,不敢下手,让刘縯逃过一劫。

新市、平林的诸位将领当然不肯罢休,他们开始对刘縯展开第

4. 昆阳之战

二轮攻击。这次，刘玄找借口抓了刘縯的心腹刘稷，还要将他拉出去斩首。

刘縯站出来替刘稷求情，并且据理力争。刘玄还在犹豫，诸将这时在一旁怂恿他下令捉拿刘縯。刘縯高声喊着冤枉，但还是被士兵推到外面与刘稷一同斩首了。

刘秀当时在父城，他听说兄长遇害，大哭了一场。随后他起身来到宛城，见了刘玄，也没有说别的话，只是向刘玄赔罪。

刘秀忍辱负重，不仅没有为刘縯服丧，而且一切行为举止跟平常一样。有人问他昆阳的战事，他就将功劳归于诸将，毫不自负。

刘玄见刘秀不动声色，反而觉得惭愧，于是封刘秀为破虏大将军、武信侯。随后，刘玄派王匡进攻洛阳，申屠建等人进攻武关。

这时，王莽手下的将领王涉与国师刘歆（xīn）、大司马董忠等人密谋造反。不料事情泄露，董忠被杀害，刘歆与王涉也相继自杀。

因为刘歆与王涉都是心腹重臣，王莽担心事情闹大发生内乱，所以没有将他们定罪，而是将事情遮掩过去。

后汉 5. 王莽亡国

王莽内遭重臣背叛,外受义军讨伐,整日发愁坐立不安。忽然又接到警报,称陇西、武都、金城、武威等地都被叛军夺去,这更使他心急如焚,长叹好几声,不知如何是好。

不久,又有急报传来,说是刘望自立为帝了,而且严尤、陈茂都投降了他。眼下这刘玄还未平定,又出来一个刘望,王莽甚是忧心。

几日之后,王莽的心腹回报说:"不好了!刘望与严尤、陈茂都被刘玄的部将刘信杀害了,现在刘信已经占据了汝南!"

就在王莽感到震惊的时候,又有人跑进来汇报:"不好了!不好了!刘玄的部将王匡正进攻洛阳,申屠建等人攻入武关,汉军猖獗(chāng jué)得很,湖县已经失守了!"

王莽听闻武关被攻破,急忙召集王邑、张邯(hán)等文武百官商量御敌之策。王邑等人仓皇失措,全没了主意,只有大臣崔发进言说:"臣看书中说国家遇到大灾难,应该用哭来免祸。现在形势危急,正应该痛哭让上天知道,设法拯救啊!"

王莽没有其他办法,只得病急乱投医。他带着群臣来到南郊,举行哭天大典。他先对着老天一顿诉苦,然后就开始痛哭流涕,最后还磕了无数个响头。

王莽自己哭还嫌不够,又号召百姓从早哭到晚,并专门派人给

5. 王莽亡国

百姓提供粥饭。那些哭得特别悲哀的人,还被封为郎官。

等回宫后,王莽册封了九个将军,号称九虎,让他们率领精兵向东出发抵御贼寇。九虎临走之前,王莽要求他们将自己的妻儿送入宫中做人质,而且每人只发四千钱。

九虎到了华阴回溪,据险自守。汉军前后夹攻莽军,九虎顾前失后,当下慌乱失措,四散而逃。其中二虎史熊、王况回宫领罪自刎,另有四虎逃走后下落不明。只有郭钦、陈翬(huī)、成重三虎收集散兵,退守京仓。

不久,起义军攻入宣平城,司徒张邯被众人乱刀砍死。司马王邑带着王林等人分头抵御,但只勉强支撑了一天起义军就杀进来了,官府的人全部逃亡。

到了第二天,城中少年朱弟等人也加入起义军,充当前导。他们大声呼喊着:"反贼王莽,还不出来投降?"连着喊了几声也没有任何回响。众人害怕有埋伏,不敢前进,便接连放火。大火一直烧到了承明宫。

承明宫是王莽的女儿、汉平帝的皇后黄皇室主的居所,她见火势太大,无法脱身,望着大火哭泣道:"我有什么面目再见汉家?"说完就跳入火海之中。

转眼间又过了一夜,乱兵愈加逼近,王莽带着上千人躲到渐台去了。司马王邑还在率人日夜战斗,累得人困马乏。他辗转来到渐台,遇到儿子王睦,父子两人便一同替王莽守卫。

这时起义军已经杀入大殿,他们从宫女口中得知王莽逃到渐台去了,于是火速赶去,将渐台团团围住。

起义军见桥梁已断,纷纷向渐台放箭。等到箭射尽,他们用板子搭成桥,一窝蜂拥进渐台。王邑等人奋力抵御,一直战斗到天黑,终究是寡不敌众,最后全部战死。

王莽被起义军杜吴杀死，校尉公宾则砍下王莽的头颅，来向王宪汇报。

王莽三十八岁当大司马，五十一岁摄政，五十四岁称帝，六十八岁被杀。从摄政到被杀，他十八年间改元四次。至此，王莽建立的新朝灭亡。

王宪得了王莽的首级后自称汉大将军，拥兵冲进入宫中。他穿上龙袍，找来玉玺，自己做起皇帝来，快活极了！

京仓守将郭钦等人听闻京师失守，王莽毙命，无奈向汉军投降。

李松等人来到宫中发现王宪私藏御玺、奸占后宫，二话不说就将他斩首了。

接着，汉军攻占洛阳，太师王匡、国将哀章等人全部被杀。王莽的部将一一被肃清以后，诸将都劝谏刘玄暂时住在洛阳。刘玄本来就没有主见，自然依了众议，他命刘秀先去洛阳修缮官府以便定都。

自从兄长去世，刘秀便不愿参与政事，整日在府中悠然度日。这天他突然想起年轻时的志愿："仕官当作执金吾，娶妻当得阴丽华。"

现在刘秀身为大将军，已经比执金吾更胜一筹了，只是不知道阴丽华是否已经嫁作人妇。刘秀立即派人去打探阴丽华的消息。

阴丽华是南阳新野人，刘秀与她只有一面之缘，但这位落落大方的女子却让刘秀再难忘记。

当刘秀得知阴丽华尚未成婚后，便立即派人去她家中求亲。

这时阴丽华的父亲已经去世，她的兄长就替妹妹做了主，叫她去做汉军大将军的妻室。刘秀与阴丽华就这样珠联璧合，成了一对恩爱夫妻。

刘玄定都洛阳后派人招抚赤眉军，赤眉军首领樊崇听闻汉室复

5. 王莽亡国

兴，就带着二十多位部下头目到洛阳拜见刘玄。刘玄封他们为列侯，但是并未给他们封地。

樊崇等人大失所望，在洛阳混了一段时间后就回到老营去了，他们又举起大旗反抗汉朝。

此外，庐江连帅李宪听闻王莽被杀，也占据庐江，自称淮南王。

刘玄手下的诸将都想攻下北边土地，好裂土封王，所以一起商议选出一位大将去平定河北。大司徒刘赐称刘秀很有才能极力推荐他，朱鲔等人却横加阻拦。最后禁不住刘赐全力保举，刘秀被派往河北，镇抚州郡。

刘秀大军一路上路过各府州郡秋毫无犯，还废除了王莽时期的苛政，恢复前汉官名，沿途的官吏百姓都对他感恩戴德。

大军来到邺城，刘秀的同窗、南阳士子邓禹前来求见。两人相谈甚欢，一拍即合，刘秀就留邓禹常伴左右，凡事都与他商议。刘秀的部下都称呼邓禹为邓将军。

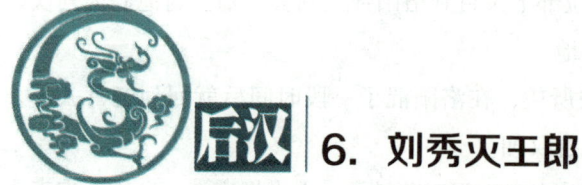

后汉 6. 刘秀灭王郎

刘秀率领大军来到邯郸，骑都尉耿纯出城迎接他们。耿纯见刘秀的部下纪律严明，十分敬佩，还献给刘秀数百匹马。

汉朝已故赵缪（móu）王的儿子刘林这时也在邯郸，他前来拜见刘秀，说："赤眉军现在在河东，我们只要决堤放水，就会让那赤眉军做了河中的鱼鳖。"刘秀觉得这个计谋太残忍没有同意。

刘林因此闷闷不乐，后来他竟然与占卜的王郎合谋造反。随后，王郎冒充成帝的儿子刘子舆，在邯郸城称帝。

赵国以北、辽河以西地区的守将大多向王郎投诚，王郎的势力渐渐强大，足以与刘玄抗衡了。

唯独驻守邯郸的耿纯不愿臣服王郎，他偷跑出来投奔了刘秀。刘秀担心幽蓟（jì）一带被王郎占去，打算先平定幽蓟地区再讨伐王郎。

这时，上谷太守耿况的儿子耿弇（yǎn）也来投靠刘秀。他见刘秀在蓟城募兵无果，建议征发渔阳、上谷两郡的兵马，直捣邯郸。刘秀采纳了他的建议。

不料，王郎竟然发布告示悬赏刘秀的首级，赏金是十万户的采邑！已故广阳王刘嘉的儿子刘接贪图厚赏，于是归顺王郎，起兵捉拿刘秀。

6. 刘秀灭王郎

刘秀得知消息后,大为惊慌,立马带着部将们逃走。当时城门已经关闭,刘秀等人与守城士兵经过一番激烈的厮杀才得以逃脱。

刘秀等人一路上风餐露宿,受尽苦楚,后来在一位白衣老人的指点下带着众将士来到信都求援。

信都太守任光本性谨慎淳厚,他曾与刘秀并肩作战,一起击败王邑、王寻。王郎称帝后,派人招降任光,但任光不肯服从,而是与都尉李忠、县令万修等人一起全力坚守城池。

此番刘秀落魄中前来投奔,任光热情招待,只是苦于手下兵力单薄,没办法支援刘秀北进。恰好在这时,和戎太守邳(pī)彤赶到,任光便与他一同去见刘秀。刘秀在任光与邳彤的帮助下,信心大增,准备募集士兵攻打王郎。

很快刘秀整顿好兵马,挥师北进。汉军陆续攻破堂阳、贯县等地,其他各县也都闻风而降。只有前真定王刘扬聚集部众十几万,与王郎联合,一直不肯投降。

这时,骁骑将军刘植对刘秀说道:"我与刘扬有一面之缘,希望可以前去劝说他归降!"刘秀听后大喜,立马派刘植前去说服刘扬。

几天后,刘植果然带回来了好消息,说刘扬愿意归降,前提是刘秀要娶刘扬的外甥女郭圣通为妻。

刘秀欣然同意了,派刘植带着聘礼前去求亲。刘扬亲自率领众人迎接,双方相谈甚欢,于是选了一个黄道吉日让刘秀与郭圣通结为夫妻。

不过数日,刘秀的军队先后攻下元氏、房子、鄗(hào)城三县。正当大军围攻柏人时,汉中王刘嘉派人给刘秀送来一封书信。

刘嘉在信中表明想与刘秀结为同盟,他还将贾复、陈俊二人推荐给刘秀,让他们助刘秀一臂之力。刘秀见这二人气度不凡,就给

他们封了官。

刘秀大军围攻柏人,几十天也没有攻下来,后来刘秀听从手下的建议,改为攻打巨鹿。

这时,在蓟城与刘秀失散的耿弇带领着渔阳、上谷的兵马来投奔,刘秀大喜过望,立即派人将他迎入。

原来,耿弇与刘秀失散后就回上谷请求父亲耿况发兵帮助刘秀,耿况与部众商议一番后决定归降刘秀。后来,耿况的部下寇恂又说服渔阳太守彭宠一起攻打邯郸。

当下渔阳、上谷两军合力,所向披靡,斩杀王郎将士三万人,接连攻下涿郡、中山、清河等二十二县,直抵广阿。

刘秀让耿弇迎入诸将,诸将一一参见。刘秀见他们个个威武高大,全都是将帅之才,十分高兴,立即下令宰牛设宴,犒劳众将士。

休整一番后,刘秀带着大军赶往巨鹿,途中正好遇上刘玄派来的友军。两军联合作战,将巨鹿团团围住。

巨鹿守将王饶率兵拼死抵抗,刘秀等人久攻不下。王郎派遣倪宏、刘奉率领数万人来援,但很快就被汉将景丹率兵击败。

这时,耿纯对刘秀说:"长久围攻巨鹿只会使将士疲乏,不如先去攻打邯郸。邯郸一破,巨鹿就不战而降了!"

刘秀听从了耿纯的意见,留下将军邓满继续围困巨鹿,自己则带兵攻打邯郸。刘秀大军一路攻城略寨,顺利抵达邯郸城下。

王郎穷途末路,急忙派谏议大夫杜威前去刘秀军中乞降。

杜威见到刘秀,对他说:"现在邯郸已经投降了,你们要封邯郸主为万户侯才对啊!"

刘秀直接拒绝了杜威的要求,只答应保全王郎的性命。

议和没有达成,刘秀便指挥大军不断对邯郸发起猛攻。二十多天过去了,城内支撑不住了,王郎的少傅李立趁夜打开城门迎入

6. 刘秀灭王郎

汉军。

王郎、刘林收到消息后,立即从后门逃走,但他们很快被王霸等人追上。王郎被王霸一刀砍死,刘林下落不明。

王霸带着王郎的首级回来向刘秀请功,刘秀加封他为王乡侯。

不久,刘玄派遣使者前来,加封刘秀为萧王。刘秀询问来使才知道,刘玄已经迁都长安,下旨大封功臣,所以自己才得以受封。

刘秀受封后,内心还疑虑不安。耿弇揣摩刘秀的心思,对他说:"经过这几场大战,将士死伤甚多,我愿意回到上谷招兵买马。"

刘秀反问道:"王郎被击败,河北已经平定,你还招兵买马做什么?"

耿弇回答:"王郎虽然已经被灭,但当今圣上无才,难成大事,恐怕不久就要灭亡了。"

刘秀惊讶地说:"你胆敢忤(wǔ)逆不道,我应该斩了你!"

耿弇听后神色不改,继续说:"大王待我情同父子,所以我才敢对大王说出心里话!"

刘秀半晌才说道:"我怎么忍心杀你呢?你有什么话就说吧!"

耿弇回答:"百姓听说汉室复兴,全都欢呼雀跃。但如今四方割据,贵戚专权,政治如此混乱,国家比王莽时期更腐败,怎会不败呢?大王功成名就,天下归心,若打算自立,定能成功!否则江山可能要改姓了!"

刘秀听了耿弇的话连连点头,但没有说话。虎牙将军铫(yáo)期也趁机劝刘秀听从耿弇的建议,万万不要迟疑。

后汉 | 7. 刘秀称帝

刘秀听从耿弇与铫期的劝谏,决定自立为帝。他告知长安来的使者,称河北还未平定,不便还都,使者只好独自回去复命。

其实邯郸内外早已经平定,就是巨鹿也相继投降,刘秀不肯西归,当然是想占据一方称雄了。

当时,梁王刘永占据睢(suī)阳,公孙述在巴蜀称王,李宪自立为淮南王,秦丰自称楚黎王。还有张步、董宪、延岑、田戎设置将帅,侵略郡县,铜马、大肜、高湖、重连等地也是盗贼四起,天下已经是群雄割据的局面了。

不久,刘秀出兵讨伐,他封吴汉、耿弇为大将军领兵讨伐铜马贼。刘秀先是按兵不动,然后突出奇兵截断粮道,逼得铜马贼自乱阵脚,无奈向刘秀投降。

刘秀将投降的数十万降兵分派到各个军营。此战过后,关西一带都称刘秀为"铜马帝"。

刘秀得知赤眉军与青犊、上江等地叛军联合,立即向他们发起进攻。刘秀大军连毁敌军数十个营垒,叛贼只得向西逃去。刘秀顺道向南,招抚河内官民。河内守将闻风而降。

刘秀又派吴汉与岑(cén)彭一起攻打邺城。邺城本由谢躬驻守,但这时他正带着将士攻打尤来,留下将军刘庆、魏郡太守

陈康守城。结果谢躬吃了大败仗，仓皇逃回邺城。

不料刘秀趁谢躬离城之际派人说服陈康投降，等谢躬回到邺城时，设下埋伏将他斩杀。至此邺城被攻下，刘秀仍让太守陈康留守邺城。

随后，刘秀封寇恂为河内太守，又任命冯异为孟津将军，统领魏郡、河内兵马，屯守河上。

河内太守寇恂从此一心为大军筹备粮草兵器，刘秀这才放心北进攻打敌寇。

刘玄听闻刘秀北行，打算乘虚进攻河内。冯异早已料到刘玄会有此举动，立即写了一封信派人交给李轶。

李轶看了冯异的来信，踌躇了好久。他知道刘玄已经失去人心，逐步走向灭亡，但当初设计陷害刘縯自己也有份，担心刘秀不会放过自己，于是只能含糊答复冯异。

冯异收到李轶的来信，得知李轶愿意与自己合作共事，十分高兴。不久，冯异攻下河南，李轶果然没有发一兵一卒抵挡。

此时，刘秀已经带着大军攻入河北，连破尤来、大枪等贼兵。冯异向他传来捷报，还附有李轶的回信。刘秀看完后，故意将李轶的书信泄露出去，想以此借刀杀人，为兄长报仇。

果然一个月之后，李轶就被人杀害。原来朱鲔（wěi）得知李轶有异心，十分气愤，马上派人将他刺死。

朱鲔又派苏茂等人领兵三万攻打温邑，自己率兵直捣平阴，牵制冯异。寇恂得知敌军来袭，带兵出击，很快就将苏茂等人击败。

寇恂得胜后向刘秀报捷，刘秀高兴地称赞："我就知道寇子翼可担当大任啊！"

这时，众将都劝刘秀自立为帝，刘秀摇头不肯答应。

将军耿纯愤慨地说道："将士们背井离乡投奔大王，冒死在战

7. 刘秀称帝

场上厮杀,无非就是想建功立业、取得功名。如今大王一再拒绝称帝,将士们深感失望,恐怕会一哄而散。大王何苦失去众心呢?"

刘秀听后沉默片刻才说道:"容我好好考虑一番。"

随后,刘秀下令大军向鄗地进发,途中他接到两处军报。一是平陵人方望从长安劫持了刘婴,立刘婴为皇帝,自称丞相。后来事情被刘玄知道了,派兵前去攻打。一场交战后方望被击毙,刘婴也死于战乱之中。

还有一个公孙述,自立为蜀王,不久又自立为帝。

刘秀听闻刘婴惨死,唏嘘不已,但心想着公孙述胆敢称帝,心中愤愤不平。他觉得还不如依了诸将的建议,现在就称尊,免得落在人后。

这时,刘秀在长安游学时的舍友强华求见并劝他称尊。刘秀留下强华与他谈古论今,很晚才入睡。

第二天早上,众将又上书劝谏刘秀称帝。刘秀这次没有推辞,他命人在城南设坛,选了一个黄道吉日即皇帝位,接受众臣朝贺。

刘秀改年号为建武,大赦天下,改鄗邑为高邑。这一年为更始三年(25年)六月。史学家因刘秀登基,汉室复兴,所以将正统归于刘秀,表明建武为正朔,历史上称刘秀为光武皇帝。

此时刘玄称帝三年,毫无建树,已经失去人心了。再加上赤眉军入关,守将闻风瓦解,关中因此大乱。

刘玄手下的将领都想回南阳,于是他们派大将张卬(áng)去劝说刘玄东归,但刘玄不肯答应。

后来,张卬等人密谋强行逼迫刘玄出关。不料事情泄露,刘玄派人抓捕张卬。张卬没有逃走而是带着部下攻打刘玄,还放火烧了刘玄住的宫殿。

刘玄走投无路,慌忙打开后门,带着妻子和百余名骑兵投奔赵萌去了。赵萌是刘玄的岳父,他见刘玄夫妇狼狈跑来,当即将他们迎入城内。

赵萌替刘玄出主意除掉了陈牧、成丹,王匡侥幸逃过一劫后与张卬合兵一处抵抗刘玄。两军激战一个多月,王匡、张卬战败,分头逃走,刘玄得以返回长安,迁居长信宫。

内讧还没平定,外寇又来了。赤眉军首领樊崇率兵从华阴长驱直入,逼近长安。

方望的弟弟方阳想为兄长报仇,向樊崇献计让他另立新帝,以此名正言顺地讨伐刘玄。樊崇依了方阳的计策,立景王的后人刘盆子为帝,自己则担任御史大夫。

张卬与王匡前去迎降樊崇,还带着赤眉军进攻长安。

刘玄听闻赤眉军杀来,急忙派将军李松领兵抵御,自己与赵萌闭城坚守。不久,李松战败被擒。李泛为了救兄长,听从樊崇的话

7. 刘秀称帝

打开了城门，赵萌等人全部投降，刘玄则趁乱逃走。

樊崇没有抓到刘玄，传令说只要刘玄肯投降就封他为长沙王。刘玄已经无路可逃，只好派刘恭送去降书。樊崇接受了，信守承诺封刘玄为长沙王。

但是赤眉军暴虐无常，苛待吏民，关中人民都怀念起刘玄，想重新拥戴他为帝。

张卬等人对刘玄恨之入骨，就以此为由劝樊崇杀了刘玄以绝后患。樊崇觉得有道理，就叫来谢禄，命他杀了刘玄。谢禄领命将刘玄骗到郊外，命手下勒死了他。

刘恭听闻刘玄已死，派人将刘玄的尸骸收殓，草草埋葬了。

后来，邓禹率兵来到长安，奉光武帝的命令，将刘玄迁葬到霸陵。

8. 光武帝收降赤眉军

刘秀即位之后，派大司马吴汉前去攻打洛阳。守洛阳城的正是朱鲔，两边打了好几个月也没结果。光武帝派遣朱鲔曾经的手下去劝降，朱鲔说："刘縯被害的时候，我也参与了谋划，我的罪过太大了，投降了不会有好下场，请你代我请辞吧。"

劝降的人将朱鲔的话告诉了光武帝，光武帝听完笑着说："要成大事，岂能考虑之前那些小事，如果他来投降，朕保他官爵不丢，更不要说惩罚他了。有河水在此见证朕的誓言，决不食言！"

朱鲔听说后，审时度势，知道再坚守下去也不会有什么好结果，于是就投降了。光武帝亲自给自缚出城的朱鲔松绑，朱鲔跪在地上请求治罪，光武帝让左右将他扶起来，好好安慰了他一番。

朱鲔领着光武帝进入洛阳城，光武帝见洛阳城壮丽非凡，于是决定在这里定都。

前将军邓禹被光武帝封为大司徒，光武帝命他迅速入关扫平赤眉军。

赤眉将帅虽然奉刘盆子为主，但只是将他看作傀儡，根本不听从他的命令，反而纵容手下在城中为非作歹。建武二年（26年）元旦，赤眉军在宫中举行宴会，刘盆子的哥哥刘恭当着众人的面宣布刘盆子退位。

8. 光武帝收降赤眉军

樊崇等人并没有同意，只是答应刘盆子将闭营自守，约束手下不再出去劫掠百姓。

但赤眉军贼心难改，没过多久又开始四处劫掠了。不论是钱财还是粮食，全一股脑儿地抢来。

这时，赤眉将领听闻邓禹领兵西来，急忙收拾好财物，又放了一把大火烧了宫室，带着刘盆子向西行进。赤眉军对外号称百万雄师，从南山到安定，沿途所经之地全都被劫掠一空。

邓禹大军已经入关，得知长安守备空虚便长驱直入，在昆明池屯守，并派遣使者到洛阳报捷。

光武帝加封邓禹为梁侯，其他功臣也各有封赏。封赏结束后，光武帝就派人在洛阳建立宗庙。

突然真定传来警报，说真定王刘扬与盗贼勾结谋反。光武帝派耿纯前去探查虚实。耿纯来到真定，探得刘扬谋反属实，于是设计

杀害刘扬兄弟三人。

耿纯又抚慰刘扬的家属，让他们等候听命，然后回去禀告光武帝。光武帝封刘扬的儿子刘德为真定王，真定之乱就此平定。

建武二年五月，光武帝册立郭圣通为皇后，立她生的儿子刘强为皇太子。光武帝本想立阴丽华为皇后，但阴丽华以郭氏有儿子且家世背景强大为由将后位让给郭氏。

当时国家新立，祸乱四起，除了赤眉军，还有渔阳太守彭宠、破虏将军邓奉相继造反，警报频频传入宫中。

自从刘玄败亡，他的部下占据南方，不肯听命于洛阳。光武帝与众将商议后，派执金吾贾复前去攻打郾（yǎn）城，大司马吴汉前去收复宛城。

不久，贾复与吴汉先后传回捷报。光武帝高兴极了，又命贾复继续进攻召陵、新息，这两地也很快被平定。

大司马吴汉平定宛城后转攻南阳。这时檀乡贼与五校贼联合作乱，光武帝立即召回吴汉。吴汉与檀乡贼交战数次，连连取胜，降伏数万贼众，随后向光武帝传去捷报。光武帝接到捷报亲自前去嘉奖吴汉，还封他为广平侯。

此外建义大将军朱祐、大将军杜茂、执金吾贾复等人立下大功，也都得到赏赐。

只有大司徒邓禹入关安抚百姓，被赤眉军击败，竟从长安退到高陵，溃不成军。光武帝得知后，不得不另派将领前往讨伐赤眉军。

原来赤眉军出关西行，想要进入陇地。但陇地被隗嚣（wěi xiāo）占据，他派大将杨广带领精锐截杀赤眉军，杀得对方七零八落，落荒而逃。

赤眉军逃到阳城山谷中，又遇到大雪，冻死不少人，无奈只能返回长安。他们想长安内外已经被掠夺干净了，而且邓禹正驻守在

8. 光武帝收降赤眉军

那里，还不如去汉朝陵园，或许可以夺得一些财物。"

说着，赤眉军一拥而上，闯入汉朝陵园，守陵的官吏闻风逃得精光。赤眉军进入陵园，大肆掠夺。

霸陵是文帝的陵墓，因文帝生活简朴，没有什么贵重的陪葬品，所以赤眉军没有去挖掘。杜陵是宣帝的陵墓，现由延岑等人把守，赤眉军不敢侵犯，所以得以保全。

邓禹听闻赤眉军在挖陵墓，急忙派将士前去攻打，结果反被赤眉军击败，损失惨重。

随后，邓禹亲自率兵出击。大军刚到云阳，又接到长安传来的警报，原来赤眉军乘虚攻入长安，长安失守了。

邓禹只好率军返回长安。刚到长安，他就遇上赤眉军将领谢禄。两军交战，邓禹大败，不得不退到高陵。因军中粮食短缺，无法继续战斗，邓禹派人向洛阳求救。

光武帝知道邓禹不堪重用，于是派出智勇双全的偏将军冯异，让他率兵西征。行军途中，冯异恩威并施，百姓畏服，盗贼也向他投降。

光武帝接到冯异的军书，思考一番后决定召回邓禹转任冯异。邓禹得了诏令，以自己没有立下军功为耻，不肯返回洛阳。

冯异奉光武帝之命驻守华阴，正值赤眉军东来，冯异率兵出击。与赤眉军交战数十次，胜多败少，收降赤眉将士五千多人。

很快到了建武三年（27年），光武帝任命冯异为征西大将军，同时派人催促邓禹在限定日期内返回都城。邓禹仍鼓舞士兵攻打赤眉军，但又一次战败，无奈之下带着将士东归。

回军途中邓禹与冯异相遇，提出一同攻打赤眉军，但被冯异拒绝。

邓禹还是不肯离去，他派车骑将军迎战赤眉军，结果大败。幸

得冯异领军前来相助,才将赤眉军击退。

随后,邓禹不顾冯异的劝阻执意追击,不料赤眉军从四面八方涌来。邓禹等人抵挡不住向宜阳逃去,冯异与部下数人拼死力搏才杀出重围。这一战,汉军死伤三千多人。

但很快冯异就重整旗鼓,与赤眉军再战。大战之前冯异让一千壮士改穿赤眉军的衣服,半夜埋伏在路边,以红旗为号,让他们搅乱贼军。赤眉军果然中计,最终一败涂地。

其中八万贼兵投降,还有十万贼兵向宜阳逃去。光武帝收到冯异的战报,亲自率军前去截击赤眉军。

赤眉军见汉军声势浩大,也不由得害怕起来。诸将经过一番商议后,派刘恭前往汉军大营乞降。

光武帝接受了赤眉军的降书,还说道:"朕现在对你们法外开

8. 光武帝收降赤眉军

恩，希望以后你们可以洗心革面，大家共享太平！"赤眉将士们听后高呼万岁。

光武帝回到都城，令投降的赤眉军将领住在洛阳，还赐给他们宅院与田地。不料，樊崇等人在洛阳住了几个月以后又想造反，最终被杀害。

光武帝怜惜刘盆子，给他不少赏赐，还任命他为赵王刘良的郎中。后来刘盆子双目失明，刘秀又下令用荥（xíng）阳的官田租税来奉养他一辈子。

后汉 9. 光武帝平关中

赤眉军投降以后,关中无主,盗贼们又开始作乱,各自割据一方。下邽、新丰、霸陵、长陵等地的盗贼都自称将军,互相攻击。

延岑占据杜陵,意气风发,他率领部众进入蓝田,自称武安王,想做关中霸主。

后来延岑与冯异交战,结果被打败,部下大多向冯异投降。延岑势力单薄,只好率领剩余的骑兵投奔秦丰去了。

随后,光武帝命岑彭、傅俊等人率兵向南攻打秦丰。

几个月后,虎牙大将军盖延传来捷报,说刘永被杀,睢阳已经平定。光武帝收到捷报,自然乐得很。

刘永之前在睢阳称帝,手下有不少精兵强将,管辖济阴、山阳、汝南等二十八个城池。

光武帝曾任命盖延为虎牙大将军,命他与降将苏茂一同东征。不料,苏茂背叛光武帝,向刘永称臣,刘永加封他为淮阳王。

盖延向光武帝奏明苏茂反叛一事,光武帝又派驸马都尉马武、偏将军王霸等人前往协助盖延攻城。

两军相持几十天也不分胜负。渐渐城中守兵因缺少粮草体力不支,盖延带领大军攻入城中。刘永仓皇逃往谯邑,与部将周建等人会合。

9. 光武帝平关中

盖延一路追击，两军在沛西交战。刘永不敌盖延，不得已放弃谯城，一路逃窜。

盖延率领大军接连收复沛、楚、临淮各城。光武帝也派大臣伏隆前往青、徐二州招降。青、徐二州的盗贼多半投降，就连琅琊盗贼张步也主动率领部下前来迎接伏隆。

这时刘永为了拉拢张步急忙派人立他为齐王。张步贪图权势竟然背弃与汉朝的约定，还将伏隆扣押起来。

伏隆的随从寻机逃回到洛阳，向光武帝汇报了这件事。光武帝随即派遣大司马吴汉、骠骑大将军杜茂等人一起攻打刘永。

这时，幽州牧朱浮又向光武帝告急，请求支援，称彭宠造反，现在已经逼近幽州了。

光武帝得了奏报，想了几天，一时腾不出兵马粮草，只能命使者回报让朱浮坚守一段时间，等军粮筹备齐全就派兵支援。

朱浮坚守了好几个月，城中粮食耗尽，后来终于支撑不住，在上谷太守耿况的帮助下侥幸逃出城外。

彭宠攻下蓟城后，自称燕王。他北通匈奴，南结张步，又召集盗贼称霸一方。

光武帝在洛阳也是万分焦急，只能耐心等待盖延、吴汉两军能早日平定刘永，这样才好向北进军。

偏偏事情一波三折，吴汉在与苏茂大军交战过程中膝盖受伤，只能躺在床上休养，众将士没有统帅，只好闭垒自守。

后来，吴汉在杜茂等人的建议下带伤出帐鼓舞士兵。等周建率军来袭时，吴汉亲自擂鼓，大军瞬间士气大振，一个个奋勇向前。周建大军敌不过，只得仓皇逃回。守城的士兵来不及关门，汉军一下杀进去，周建、苏茂便趁乱逃走了。

吴汉率兵追击周建、苏茂到睢阳，这二人已经进城与刘永会合。

吴汉也与盖延合兵一处发起猛攻。双方对峙近一百天的时候，城内坚守不住了，刘永带着亲信逃出城去。周建和苏茂也各自逃命去了。

途中，刘永的部下庆吾趁机杀害刘永，割下他的首级向汉军邀功去了，他因此被封为列侯。

刘永的弟弟刘防得知哥哥的死讯，打开城门向汉军投降。但周建、苏茂又在别处立刘永的儿子刘纡（yū）为梁王，意图东山再起。

刘纡派人联络张步，但张步不愿臣服于他，也不肯归顺洛阳，于是杀害洛阳使臣伏隆，独霸一方。

彭宠自称燕王已经一年多了，光武帝派遣将军朱祐、耿弇等人率兵攻打北方。

彭宠这边兵分两路，他自己带兵攻打祭遵，他的弟弟彭纯带兵攻打刘喜。彭纯半路上遭到耿况次子耿舒的截杀，狼狈逃走。彭宠得知弟弟战败，连忙引兵返回，日夜担心汉军来袭。

9. 光武帝平关中

后来，彭宠的家奴子密等三人密谋杀害彭宠夫妇，他们割下彭宠夫妇的首级到洛阳求赏。光武帝大喜，特封子密为不义侯。

北方已经平定，只剩东南一带还有战乱。岑彭攻打秦丰几个月都没有传回捷报，光武帝斥责岑彭无作为，派朱祐前去相助他。岑彭为了给自己争口气，率领士兵一鼓作气击败秦丰，秦丰逃回黎丘。

汉军围困黎丘几个月没有攻下。光武帝亲临前线，命朱祐攻打黎丘，岑彭与傅俊攻打秦丰的部下田戎。田戎很快战败，逃到蜀地去了，秦丰因兵尽粮绝，无路可退，选择了投降。光武帝没有接受秦丰的降书，下令将他就地正法。

秦丰被灭，光武帝又派兵攻打占据垂惠城的刘纡。刘纡得知消息急忙向海西王董宪求援。不料兰陵守将向汉军投降，董宪怒气冲天，决定先去围攻兰陵。

刘纡这边等不到董宪的援兵，只得让苏茂出去召集党徒。苏茂最终召回四千多人，回来解救垂惠城。

汉骑都尉马武见对方兵马稀少心生轻视，主动领兵上前挑战，却被苏茂、周建前后夹击。马武不敌苏茂等人，派人到王霸军中求救。王霸一直等到贼军疲乏之际才出兵，果然一击即退。

过了两天，苏茂、周建又来挑战，仍被王霸打败，两人逃往别处。周建因身负重伤，在逃跑途中去世，苏茂逃到下邳与董宪会合。

几天后，垂惠城守将派人向王霸送去降书。王霸欣然接受，带着马武一起进入城中。刘纡听闻消息，立马逃往西防，投靠佼（jiǎo）强。

当时，盖延与庞萌一起讨伐董宪。没想到庞萌竟然反叛光武帝，偷袭了盖延的营垒，自称东平王。光武帝随即下令亲征庞萌，吴汉、王常、盖延、王霸等身经百战的大将也随同而来。

庞萌急忙向董宪求助，董宪派苏茂、佼强发兵援助。望着气贯

长虹的汉王军,庞萌望而却步,只能硬着头皮迎战。他的军队对上汉军,就如同以卵击石,不到半天就已经损失大半。苏茂、佼强引兵退去,庞萌也落荒而逃。

光武帝又率军来到湖陵,他探得董宪与刘纡合兵数万屯据昌虑,立即率军攻打。

董宪防备不严,只坚守了三天就被汉军攻破营垒。他与庞萌逃到朐城,据险自守,吴汉率大军围攻一时也难以攻下。

苏茂后来投奔张步,刘纡趁乱逃走,中途却被部下杀害,砍下头颅献给光武帝。这几人中只有佼强卸甲投降。

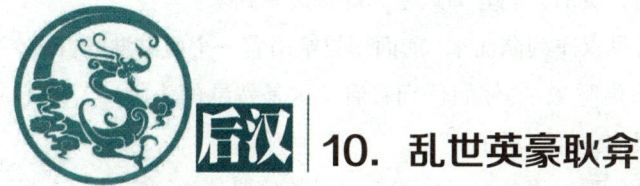

10. 乱世英豪耿弇

光武帝因梁地被平定，派遣建威大将军耿弇去讨伐张步。

张步听闻耿弇来袭，四处分兵防御。耿弇首先攻打祝阿，不到半天就攻下此地。他故意打开城门的一角放守兵逃脱，让他们去钟城报信。

钟城官民果然害怕极了，四处奔逃，很快那里变成了一座空城。耿弇也不着急夺取钟城，而是转攻巨里。

巨里由费敢把守，耿弇开战之前就对外扬言三日之内攻下巨里城。费邑担心弟弟失守，亲自率领三万多精兵前去支援。

耿弇听到这个消息，高兴地对着部众说道："我正想引诱费邑前来，如今他果然中计，这是自己来送死了！"

耿弇派三千将士直抵巨里城下，自己则带领数万精兵，在费邑来的路上埋伏起来。

费邑大军走到一座山下时，耿弇先命埋伏起来的将士摇旗敲鼓扰乱他们的耳目，然后一声令下，将士们冲入对方大军中。费邑手下的将士被打乱阵脚，手足无措。

这时，耿弇骑马跃到费邑跟前，一刀砍下他的脑袋。费邑已死，军中失了主帅，士兵不战而败。

费敢在巨里城中得知兄长来救援，打算出兵接应，但无奈数千

汉军堵住城门，费敢只能登高远望，等待援军到来。

忽然他看见汉军列队而来，前面用竹竿吊着一个血淋淋的首级，还听见汉兵高声呼喊："你们仔细看看，这是费邑的头颅，若还不投降，也要跟他一样下场了！"

费敢仔细一看，真是哥哥的头颅，不禁痛哭流涕。守城的士兵全都惊慌失措，无心守卫，趁着夜色逃走了。费敢也逃往剧城。

耿弇接着分兵出击，接连攻下四十多座营垒，济南一带被平定。

张步急忙派弟弟张蓝率兵防守西安，又派一万多人防守临淄（lín zī），这两地相隔四十里。

耿弇大军抵达西安与临淄二城之间的画中，然后采取声东击西的策略，在夜晚偷袭临淄。临淄城毫无防备，半天就被攻下。

接着，耿弇转攻西安，张步闻讯已经弃城逃回剧城，耿弇的部下都十分佩服耿弇的计谋。耿弇率军进城后张榜安民，严禁将士劫掠，称张步罪不可赦，他要是自己来受死，必然手到擒来。

这话传到张步耳朵里，他笑着说道："我兴兵以来战无不胜，尤来、大枪拥兵十多万都被我消灭了。耿弇还不如他们，如今却说出这样的大话，真是可笑！"随即，张步就带领三个弟弟及盗贼重异前去攻打耿弇。

张步大军号称二十万，很快就抵达临淄城东，他们驻扎城下，准备攻城。耿弇却闭城严守，不与张步交战。

重异带领着部下前来挑战，耿弇故意示弱，只派都尉刘歆及泰山太守陈俊分兵列阵，驻扎在城下。

重异见耿弇不敢出战，率领士兵紧逼陈俊等人，张步也一起发动进攻。耿弇这才率军支援。两军激烈厮杀一阵，耿弇被敌军射伤，但仍坚持督战。直到日暮之时，张步大军才战败撤退。

到了第二天，耿弇不顾伤痛率军出城与张步拼死厮杀，打得张

10. 乱世英豪耿弇

步落荒而逃。汉军直追出去八九十里，缴获对方辎重二千多车。

光武帝收到耿弇的捷报，很是高兴，几天之后亲自来到临淄犒劳将士，还当面嘉奖了耿弇。

休整一夜后，光武帝与耿弇一起攻打剧城。张步与耿弇交战了几次，已经知道了耿弇的厉害，现在又听说光武帝亲自来督战，更加惊慌。

张步的三个弟弟早已闻风逃跑了，张步势单力薄，也弃城逃走。耿弇急忙率兵追击。张步逃往平寿，碰巧苏茂召集了一万旧部前来支援。

不久，耿弇率兵赶到。张步不敢出战，就与苏茂一同坚守城池。这时，光武帝派人密告张步，说只要他杀了苏茂来投降，就赦免他，还封他为列侯。

张步为了自保，果真杀害了苏茂，并砍下他的首级，向汉军投

降。光武帝没有食言,封张步为安丘侯,还赦免了他的三个弟弟。

耿弇奉命荡平余下的盗贼。不久,五校余党全部投降,齐地被平定,耿弇率领大军班师回朝。

光武帝带着张步回到洛阳,但张步没多久又起了反叛之心,他悄悄带着妻儿逃到临淮,想召集旧部入海为盗。琅琊(láng yá)太守陈俊截住张步,将他与家人一并杀害。

齐地被平定以后,恍惚间又过去一年,到了建武六年(30年),光武帝收到两处捷报。

一是淮南王李宪被马成消灭,马成乘胜攻占九座城池,江淮一带最终被平定。二是董宪、庞萌被吴汉消灭,吴汉向光武帝奏明是韩湛、黔(qián)陵二人的功劳,两人都被封侯。

山东一带被平定后,光武帝下诏各将士回京,与众将领谋划起西征之事。为了拿下陇蜀之地,光武帝决定采取先抚后攻的策略。

蜀地目前被公孙述占据,他在当地称王称帝,独霸一方。陇西一带要算隗嚣名气最大,隗嚣曾经归附汉军,帮助攻打赤眉军,被封为西州大将军,专管凉州、朔方事宜。

不久,拥兵数万的吕鲔与公孙述联合,进攻三辅。汉朝征西大将军冯异边战边守,与敌军不断周旋。

隗嚣领兵支援冯异,击退了吕鲔。冯异与隗嚣都上疏向光武帝禀明战情,光武帝亲自写信嘉奖隗嚣。

公孙述也想拉拢隗嚣,便派人将大司空扶安王的官印送给隗嚣。

隗嚣因念及光武帝待他不薄,不愿背叛汉朝,于是将公孙述派来的使者斩首,出兵防守边境。

公孙述知道后大发雷霆,立即发兵攻打隗嚣。隗嚣接连击退公孙述的军队,公孙述无可奈何,只好退兵回去,再作图谋。

驻守关中的汉朝将领屡次上疏请奏光武帝攻打西蜀,光武帝将奏书寄给隗嚣,想让他一起发兵。

隗嚣认为时机还未成熟,因此写了一封奏折,劝谏光武帝暂且等待时机。

光武帝从这时开始怀疑隗嚣是个两面派,渐渐对他起了疑心。隗嚣也改变初衷,渐生二心。

11. 隗嚣之乱

隗嚣有一部将叫马援,他胸怀大志,很有才干,隗嚣十分器重他。

马援与公孙述是老乡,交情不错。隗嚣这时犹豫不决,不知道是该联蜀还是该联汉,于是派马援到蜀中探听虚实。

从蜀中回来后,马援对隗嚣说:"公孙述乃是井底之蛙,没有深谋远虑,还妄自尊大,不如听命洛阳。"

隗嚣又派马援去洛阳查探。数月之后,光武帝专门派人护送马援回来。隗嚣一见面就向马援询问洛阳的情况。

马援回答说:"我与光武帝相见十多次,每次都与他从白天交谈到晚上,他确实是一位英明的主子,古今罕见啊!"

不久,汉朝使者传旨,劝隗嚣派儿子入都。隗嚣于是派遣长子隗恂前往洛阳,马援也带着家人随同前往。

隗嚣虽派儿子入朝为官,但始终怀有二心。部下班彪极力劝谏他汉室必将复兴,要忠于汉室,但隗嚣不以为意。

后来,班彪投靠了河西五郡大将军窦融,他为窦融出谋划策,知无不言。窦融也认为光武帝会一统天下,于是归附汉朝。光武帝封他为凉州牧。

隗嚣麾下的豪杰首推马援,除马援以外,还有班彪、郑兴等人,他们都是博学多才之人,隗嚣却没能将他们留在身边。

11. 隗嚣之乱

现在隗嚣身边都是些贪图功利的小人，一心怂恿隗嚣称帝。隗嚣被这班阿谀（ē yú）奉承的人说动，暗自图谋造反。

公孙述也招揽了延岑、田戎两军，分别册封两人为汝宁王、翼江王。延岑、田戎多次请求发兵与汉军争天下，但公孙述认为他们是降将，不能深信，又立两个幼子为王。

汉室陵园先前被赤眉军破坏一空，光武帝命冯异督工修缮。等到工程告竣，光武帝亲临长安拜祭，接着下令大将军耿弇、盖延等七军，从陇道讨伐蜀地。

汉军将要出发的时候，光武帝又派人带着玺书催促隗嚣发兵，夹攻公孙述，但被隗嚣拒绝了。

隗嚣本想斩杀来使，但想到自己的儿子还在洛阳，于是放使者回去了。但他派部将王元领兵一万占据陇坻，阻挡汉军前行。

汉军快到陇坻时，见前路被木石阻挡，不得不上前清理。一番折腾下来，士兵们耗去不少体力。

这时，王元率领大军从高处冲入汉军阵营，汉军已经筋疲力尽，只好后退。王元大军乘着锐气斩杀不少汉军士兵，汉军继续后退，王元紧追不舍。

幸好将军马武带着部下杀了王元一个回马枪，王元大军顿时手忙脚乱，收兵回去了。汉军随即退入长安。

马援这时候在上林苑种田，他上疏光武帝，陈述攻打隗嚣的计策。光武帝听了十分满意，于是给马援派了五千骑兵，让他伺机而动。

马援往来游说，成功离间了隗嚣的部将高峻、任禹等人。隗嚣感到自己势力孤弱，就假意向光武帝上疏谢罪。

光武帝看出了隗嚣的奸诈，写信让隗嚣派他的次子入都。隗嚣自然不肯。

一时间，隗嚣被汉军压境又与河西失和，更觉得孤立无助，不

得已向公孙述称臣，乞求支援。公孙述封他为朔宁王，遣兵往来，互为支援。

不久，冯异夺取安定上郡各城，隗嚣得知后立即率兵来攻。两军交战数次，隗嚣接连打败仗，只得引兵退回天水。

光武帝想亲自讨伐隗嚣，但不巧发生日食，于是暂停军事下诏求取贤才。

严光是光武帝的同窗好友，小有名气，二人曾一起游学。光武帝这时想起故人，于是派人去寻找严光。

皇天不负有心人，光武帝还真找到了严光。可严光放浪形骸，丝毫不为官名利禄上心。光武帝好不容易把他召进宫来，礼遇有加，严光仍是一副我行我素的样子。

光武帝封严光为谏议大夫，严光既不称谢，也不辞别，拂袖而去。后来他回到山中耕种垂钓，过着自由自在的生活，活到八十岁去世。

11. 隗嚣之乱

转眼间又过去一年，光武帝顾念陇西还未平定，就派中郎将来歙（xī）与征虏将军祭遵一同西征，进攻略阳。祭遵因途中生病，返回京都，只剩下来歙率领两千精兵继续行军。

来歙趁着略阳没有防备，很快攻下此城。隗嚣大惊失色，立马率兵发起反攻。他与公孙述派来的援兵一起四面猛攻，依旧不能攻下。

光武帝听闻略阳情况危急，不顾大臣劝阻执意亲征，领兵西行。这天晚上马援赶来求见，光武帝立即召入。马援向光武帝献上攻克隗嚣的策略，光武帝听后大喜："敌虏已经在我眼中了！"

第二天一早，光武帝就率领大军前进，抵达高平第一城。凉州牧窦融率领五郡太守及小月氏等步骑兵数万人与光武帝会合，分兵攻打陇地。汉军来势凶猛，一路旗开得胜。

隗嚣闻报，自知抵挡不住汉军的进攻，只好又退守天水。

一个月以后，隗嚣的十三位部将及十多万士兵全都投降，他自己带着妻儿投靠了西城大将军杨广。

光武帝来到略阳城，赏赐了来歙等有功之臣。接着，光武帝进兵上邽，并派人劝降隗嚣，隗嚣仍不肯答应。

光武帝调动各军，期待不久就能凯旋。突然这时朝廷传来急报，说颍川盗贼四起，河东守兵也叛变了，请皇帝立即回都。

光武帝立即返回洛阳，御驾南征，派遣前颍川太守、现任执金吾寇恂担任先锋。很快颍川的盗贼就被平定了。

吴汉与岑彭围困西城，一个多月了还没攻下。谁知隗嚣让王元借来五千蜀兵，哄骗吴汉等人说蜀兵有百万大军到来，这时汉军的粮食已经耗尽，又担心蜀兵真的来了，只好撤回。

建武九年（33年），汉军大将祭遵病死在军营中，噩耗传到洛阳，光武帝悲痛万分。

祭遵生前克己奉公，公正廉洁，所得的赏赐都给了手下将士。光武帝见他家里没有婢妾，屋内萧条，不由得悲叹道："如此忧国奉公，不愧是我汉室的名将啊！"

隗嚣不愿住在西城，移居到冀城，后来又率兵攻占安定、北池、天水等地。因为军中粮草不够，经常食不果腹，隗嚣积劳成疾，不久就病死了。王元等人又立他的小儿子隗纯为王，据守冀城，他们仍向公孙述称臣求援。

12. 光武帝得陇蜀

汉将冯异奉诏讨伐隗纯，两军相持不下，公孙述大举进攻汉军为隗纯解围。他派遣田戎、任满等人率兵数万下江关，攻入巫峡，连拔夷陵、夷道二县，据守荆门、虎牙。

汉大司马吴汉等人屯兵在长安，光武帝特派来歙为监军，马援为副将，观察陇蜀的形势来决定进攻或者防守。

不久来歙向光武帝上疏献策，让光武帝准备好西征的军粮。到了秋高马肥、兵精粮足的时候，光武帝特命来歙为主帅，统率冯异、耿弇、盖延等人一起进攻天水。

冯异与蜀将田弇、赵匡交战数十次，蜀兵伤亡过半。再加上耿弇等将领率兵前来，士气大振，最终大破蜀兵，斩杀蜀将田弇、赵匡。

隗纯还驻扎在冀城，他派王元等人驻守落门。高平第一城也由隗嚣原部将高峻据守，不肯投降汉朝。

冯异和耿弇分兵进攻落门和高平第一城，两路人马攻了一年还未成功。后来冯异患病，在军营中去世，光武帝命他的长子冯彰袭承他的爵位。

光武帝又打算亲征西州，率兵直抵汧城，然后让寇恂去招降高峻。

寇恂奉旨前往，高峻派军师皇甫文出来迎接。皇甫文出言傲慢无礼，一番言辞惹恼了寇恂，寇恂派人将他绑起来，准备处死。

诸将都劝寇恂不该斩杀来使，以免惹怒高峻。寇恂生气地说道："我说斩就斩，怕他做什么？"

说完，寇恂就命人将皇甫文处死，还派人传话给高峻："军师无礼，已经被就地正法。你想投降就投降，不想投降就继续坚守！"

这话传到高峻耳朵里，他竟然打开城门投降，迎入汉军。

诸将都不敢相信，忙问寇恂这是为何？寇恂回答道："皇甫文是高峻的心腹，我看他没有投降的意思，放他回去反而有损军威。只有杀了他，震慑住高峻，高峻自然就投降了。"诸将听后都很佩服寇恂的神机妙算。

来歙因落门还未攻克，与耿弇、盖延等人鼓舞将士，接连发起猛攻。

城中的守将支撑不住了，周宗、行巡等人拥着隗纯出城投降，只有王元突出重围，投奔蜀地去了。

至此，陇地被平定，光武帝下令隗氏宗族迁居到京城。后来隗纯带着十多人逃到武威，被地方官抓捕，全部处死。

建武十一年（35年）春天，光武帝派遣大司马吴汉，率领刘隆、臧（zāng）宫、刘歆三位将领与征南大将军岑彭会师，一同伐蜀。

光武帝将荆门之事委任给岑彭，岑彭受到重任士气高涨，当下号令将士强攻敌军浮桥。岑彭大军火烧敌军桥楼，顺风并进，大胜敌军。

蜀军大司徒任满被汉将鲁奇一刀砍死，蜀南郡太守程泛被生擒，只有蜀翼江王田戎趁乱逃回江州。

岑彭接着进军江州。他探得城内粮草还有很多，料定这是一场持久战，于是留下偏将冯骏继续围攻，自己率兵攻破平曲，获得数

12. 光武帝得陇蜀

十万粮米，随后分发给各军。

公孙述见诸多汉将率兵而至，十分惊慌，他立即封王元为大将军，命他屯兵河池。不巧，来歙与盖延领着兵马杀到。王元率兵与两军交战，结果大败，狼狈逃走。

当晚夜深人静时，来歙竟被刺客刺伤，血流不止。临死之前，来歙写下遗书，随后气绝身亡。盖延大哭一场，派人将来歙的遗书上交朝廷。光武帝闻报痛哭流涕，另派马成接替来歙的职位，自己也亲率大军来征讨蜀地。

公孙述得知光武帝亲征，急忙派王元、延岑等部将把守广汉、资中等要塞。

岑彭派遣臧宫领兵截住延岑，自己领兵攻下武阳，挺进广都，气势无人可挡。

广都距离成都仅数十里，公孙述现在就在成都。他得知汉军数

日间就到了广都，万分诧异，随即飞报延岑等人，叫他火速分兵回来支援。

不料，延岑被臧宫击败，仅带着数十名骑兵侥幸逃走，而所有的辎重粮草全都送给了汉军。

蜀地的精兵强将几乎全军覆灭，就连一向主战的王元也率众向汉军投降。光武帝连得捷报，想招降公孙述，但被公孙述拒绝。

而就在这时，光武帝收到急报，说征南大将军岑彭被公孙述派人刺死。听到又一名爱将被害，光武帝心痛不已。他下令赐给岑彭的妻子不少财物，并赐岑彭谥号为壮侯。

光武帝派遣吴汉即日进军，讨伐公孙述，并嘱托他不要轻敌冒进。但吴汉急于邀功，没有听光武帝的命令，擅自率兵出击，结果差点全军覆灭。

后来吴汉鼓舞士兵，指挥有度，结果屡战屡胜，再次占据广都，逼近成都。

臧宫等人也连破数城，与吴汉在成都城下会师。公孙述急得不知所措，后听从延岑的建议，决定与汉军拼一死战。

公孙述拿出财物招募死士五千人，与延岑前后夹击汉军。汉军死伤一千多人。

这时粮草将尽，吴汉等人已经有了退意。大臣张堪奉命到军中慰劳士兵，得知情况后急忙劝阻。吴汉勉强打消退兵的念头，派臧宫屯兵咸门，自己在营中偃旗息鼓，故意示弱，引诱蜀兵出战。

三天之后，公孙述亲自带兵攻打吴汉，令延岑带兵攻打臧宫。延岑与臧宫交战，三战三胜，臧宫快要抵御不住了，急忙派人向吴汉求援。

吴汉这边与公孙述交战半日，不分胜负，无法援助臧宫。但他见蜀兵筋疲力尽，立刻派出事先留在军中的精锐部队。

12. 光武帝得陇蜀

公孙述的部下早已人困马乏,哪能抵御得了又一支军队凶猛的进攻,很快就被击败,公孙述也身负重伤逃回城中。延岑得知消息,急忙鸣金收兵,反被臧宫追杀,死伤不少。

公孙述回到城中不久便去世了,延岑自知大势已去,开城投降。

吴汉等人进入城中,砍下公孙述的首级派人送回洛阳,并将整个公孙家族的人全部杀害。同时下令将延岑及其妻儿斩首,放了一把大火烧毁宫殿。

光武帝听闻吴汉屠城劫掠一事很愤怒,严厉斥责了吴汉。

13. 光武帝中兴之治

陇蜀之地已经平定,西北没什么战乱了。只有卢芳勾结匈奴、乌桓,常常骚扰边境,后来他病死了,至此全国统一。

光武帝很是高兴,大封群臣。因为国家常年征战,官民深受战乱之苦,光武帝下令如果不是遇到特别紧急的情况,不再出兵。那些有功之臣,光武帝也大都发给他们俸禄,让他们安享太平。

唯独骠骑大将军杜茂还留守北方,抵御匈奴。光武帝不想发起战事,命吴汉等人前去北方边境,将百姓迁入内地,再派杜茂修缮城池,抵挡胡人。

后来,杜茂因手下犯错受到牵连被光武帝降了职,光武帝另派大臣张堪(kān)前去代替杜茂。张堪在边境带领士兵连连打败匈奴,匈奴将帅从此惧怕张堪,不敢来犯。

建武十七年(41年),汉室后宫发生了一件大事。

光武帝之前已立郭圣通为皇后,郭圣通生的儿子刘强为皇太子。但是即便如此,光武帝最宠爱的妃子仍是阴丽华。后来阴丽华生下一个男婴叫刘阳,长到十岁时就能熟读《春秋》了。光武帝觉得这孩子是个神童,对他很是喜爱。

后来,光武帝发现刘阳在处理政事上也很有远见,更加对他宠爱有加,因此常常后悔太子立得太早了。

13. 光武帝中兴之治

郭皇后察言观色，察觉到光武帝的心思，渐渐心生怨恨，经常对着光武帝和阴贵人冷嘲热讽。

光武帝当然无法容忍，于是夫妻反目。到了建武十七年，光武帝突然下了一纸诏书废除郭皇后，随后册封阴贵人为皇后。

正当全国趋于稳定之时，不料南方交趾有两姐妹公然造反。她们一个叫征侧，一个叫征贰（èr），两人面相寻常，但是身材高大，力气过人。

这对姐妹花召集贼众，攻陷郡城，扰得南方大乱。警报传到洛阳，光武帝岂能坐视不管，他立即派伏波将军马援、扶乐侯刘隆等人南下讨贼。

征侧刚刚占据交趾称尊，自认为天高皇帝远，可以为所欲为，哪知突然听闻汉军已经到了浪泊，不禁大吃一惊。

征侧立即召集士兵，派妹妹征贰为先锋，自己做后应，到浪泊迎战汉军。两军交锋不过两三个小时，征侧就战败退回城中。两姐妹见汉军攻势凶猛，决定逃往金溪穴。金溪穴四面高山环绕，只有一个缺口可供出入。征侧、征贰一进去就派人把守住山口。

马援率领汉军赶到，发现除了山口无处可入，一时间手足无措。但他下定决心要消灭这两个女霸王，就在山口安营扎寨，将对方围困在里面。

山谷里的粮食快要吃完了，征侧姐妹冒险冲出来，被山口守候的汉军捉住。马援下令将两人斩首，把她们的首级送回洛阳。光武帝派使者传旨，加封马援为新息侯，食邑三千户。

马援率领部下继续搜捕叛贼余孽，岭南一带最终被平定。于是马援在交趾设立一根铜柱，上面书写"大汉伏波将军马援建此"，然后领兵北归。

建武十九年（43年），河南原武县又出了一伙妖贼，为首的叫

单臣、傅镇,他们占据县城,自称大将军。光武帝特派臧宫率兵千人前去讨贼,但是屡屡攻不破城池,还损伤不少士兵。

光武帝不免忧愁。这时已封东海王的刘阳向光武帝献策,不妨故意放贼人出城,然后逐个击破。光武帝立即让臧宫照计而行。没过多久,臧宫成功除掉单臣等贼人,平定叛乱。光武帝因此更加喜爱东海王。

皇太子刘强自从母后被废,常常觉得不安,又见东海王受到光武帝的宠爱,更加忧心。后来他听从朝中大臣的话,再三上疏请求让位,光武帝同意了。

就这样,刘强成了东海王,刘阳成了太子,后来刘阳改名为刘庄。

光武中兴后,西域各国派遣使者向汉称臣,但光武帝因为天下初定,无暇顾及此事,谢绝了各国使臣的请求,于是鄯(shàn)善与车师等国全部归附匈奴。

13. 光武帝中兴之治

后来，匈奴内部发生内乱，分为南匈奴和北匈奴。南匈奴向汉称臣，汉朝上下一片欢庆。

再说洞庭湖西南有座武陵山，山下有五条小溪，附近住着一些蛮人，被称为五溪蛮。历朝历代都将他们看作化外之人，任由他们自生自灭，只有当他们出来作乱时才发兵围剿。

建武二十三年（47年），蛮人又出来掠夺郡县，武威将军刘尚奉命前去讨伐，结果全军覆灭。

蛮人打了胜仗，更加肆无忌惮，又出兵攻打临沅。光武帝派人前去支援，勉强保住了临沅，但汉军不敢继续追击蛮人。

这时，将军马援主动请命出征。光武帝沉默良久才说："卿年纪太大了。"

马援急忙说："臣虽然已经六十二了，但也不老。"说着急忙走出殿外，穿上铠甲，又让卫士牵来战马，披甲上马来到光武帝面前。光武帝见马援神采飞扬，豪气不减，大为赞叹，于是派他率领马武、耿舒等人以及四万士兵讨伐蛮人。

大军来到下隽，马援与耿舒就进军路线发生了分歧。马援上疏陈述己见，光武帝采纳了他的建议，汉军决定从壶头山进入武陵。

大军行至临乡，与蛮兵在此短兵相接。蛮兵大败，随后逃入竹林中。马援继续率领大军进驻壶头，蛮兵在高冈防守，汉军一时难以进攻，再加上天气忽冷忽热，不少士兵染病身亡。

马援也染上病，但面对重重困难，他依然不退缩，有时听说蛮兵来袭，还要三令五申，亲自鼓舞士兵。部下们被这位老将军打动，不少人还流下热泪。

这时，耿舒却给哥哥耿弇写信告了马援一状，大意是说马援没有听从自己的意见，导致汉军陷入困境。

耿弇收到信后，立马将此事告知光武帝。光武帝于是派梁松带

着诏书前去指责马援,并让他代为监军。

当梁松抵达壶头时,马援已经病死了。梁松与马援积怨颇深,他正好借此机会报复诬陷马援。光武帝信以为真,不仅派使者收回马援的新息侯印绶,还准备追究马援的罪责。

后来,马援的灵柩运回家中,他的妻子不敢报丧,只在城西买了几亩田地,草草将马援埋葬,马援的朋友亲戚也不敢去悼念。

马援的家人不知皇帝为何发怒,于是一起去朝廷请罪,光武帝拿出梁松的奏章给他们看,才明白其中原委。

马援的妻子知道丈夫被冤枉,上疏六次申诉冤情,光武帝这才对他们从宽发落。

不久,武陵蛮众乞降,光武帝也就不再追问马援之事了。说起来,蛮人能够乞降不得不归功于马援,但是光武帝并没有赏赐马援与他的子孙们,马援下葬后也没有追加谥号,真是非常冤枉了。

14. 光武帝驾崩

这时匈奴日逐王比自立为单于，向汉称臣，人们称他为南单于。光武帝派兵拥护南单于，南单于也帮助汉朝守卫边关，君臣关系十分和睦。

北匈奴单于蒲奴担心南单于领着汉兵攻击他们，也想与汉修好，于是多次派使者到汉朝请求和亲。

北匈奴一再求和，朝中大臣讨论了半天莫衷一是。后来光武帝听从了司徒掾班彪的建议，与北匈奴修和。

不久，废后郭氏得病身亡，光武帝命东海王刘强将她葬于北邙（máng）。随后，光武帝又加封鲁地给东海王，迁封鲁王刘兴为北海王。

自东海王刘强以下的皇子，虽然都被封王，但他们还是居住在京城。当时诸王广结宾客，门客多的有数百人，少的也有数十人。

有人向光武帝上疏说："王莽族人王肃父子侥幸得生，现在成为王侯的宾客，臣担心他们生出乱事，皇上应该加以提防。"

光武帝便立即下令逮捕王肃父子，诸王的宾客也都受到牵连，下狱的有一千多人。

事有凑巧，这时又出了一桩杀人大案。之前刘玄战败，光武帝封刘玄的儿子刘鲤为寿光侯。刘鲤对父亲之死耿耿于怀，认定刘盆

子兄弟就是罪魁祸首，于是派遣刺客将刘盆子的兄长刘恭杀死。

沛王刘辅与刘鲤关系很好，他也受到牵连，与刘鲤一同入狱。光武帝恨上加恨，下令将王肃父子及诸王宾客全部处死。

刘辅也入狱三天，后来诸位王侯替他向光武帝求情，光武帝才将他释放。接着，光武帝下令众皇子全部到封地去，不得留在京都。

皇太子刘庄已经渐渐长大，住在东宫，光武帝替他挑选了张佚、桓荣两位师傅来辅佐他。

建武三十年（54年）春天，光武帝率领群臣东巡。途中，众臣上疏称颂光武帝的功德，提议到泰山举行封禅大典，光武帝拒绝了众臣的提议。

转眼到了建武三十二年（56年），光武帝偶然读到《河图会昌符》一书，不由得迷信起来，开始让群臣准备封禅之事。

经过精心准备，光武帝圆满完成泰山封禅大典，他按照旧例大赦天下，减免泰山郡一年的田租，并改建武为建武中元。

很快到了建武中元二年（57年），光武帝已经六十三岁了，他还是勤于政事，与大臣谈经论义，直到夜深人静才休息。

皇太子刘庄经常劝他要注意身体，不要过于操劳，但光武帝摇头说道："我为此乐此不疲呢！"

话虽然这么说，但终究是年老体衰，建武中元二年二月，光武帝病情加重，在南宫前殿驾崩。

光武帝驾崩后，三十岁的太子刘庄继位，史称孝明皇帝。明帝尊母后阴氏为皇太后，将光武帝葬于原陵，庙号世祖。

东平王刘苍是明帝的亲弟弟，他才智过人，明帝与他向来友爱，因此封他为骠骑将军，位居三公之上。

后来，东海王刘强英年早逝，明帝与阴太后到津门亭为他举哀，还赐他谥号为恭王。

14. 光武帝驾崩

明帝继位后,羌人乘势入侵陇西,幸得身经百战的将军马武领兵出击,才将他们打败。马武回朝后,得以增封食邑八百户,但次年马武就病逝了。同时辽东太守祭肜也大败赤山乌桓,名声大噪。

明帝因为羌胡远逃,国无战事,于是继承先人志向,注重礼教。

明帝追忆与先皇一起打江山的功臣,命人绘制二十八位将军的画像,加上王常、李通、窦融、卓茂四侯,共计三十二人。

将军马援也是为国为民的功臣,光武帝误信梁松,薄待了他,难道明帝也将他忘了吗?原来马援是皇后马氏的父亲,明帝担心遭人议论,所以没有给马援画像。

这位马皇后品貌出众,深受众人爱戴。她位居正宫,没有子嗣,便把贾妃的儿子刘炟(dá)当作亲生儿子。她博览群书,生活勤俭节约,后宫妃嫔见她穿着朴素无不感叹。阴太后常常夸赞她德冠后宫。

明帝想测试马皇后的才智,于是将群臣上表的奏折交给她裁决。哪知皇后根据事实判断,条理清晰,明帝由此十分佩服她。

东平王刘苍自辅政以来，很有声望，但他担心自己功高震主，于是接连上疏明帝请求归还骠骑将军印，退守藩地。明帝不忍心拒绝他，只好让他归国，但仍兼任骠骑将军一职。

又过了两年，皇太后阴氏去世，享年六十岁，明帝将皇太后与光武帝合葬于原陵。

一天晚上，明帝做了一个梦，梦里见到一个金人，头顶发着白光。他正要上前询问，那金人便向西方飞去了。第二天早朝，光武帝向群臣讲述梦里发生的事情，大家都不知如何作答。

唯独博士傅毅进言说："臣听说西方有一位神，名字叫佛。佛有佛法，也有佛教，陛下梦见的金人，或许是佛的幻影呢！"

傅毅一席话引起明帝的好奇心，于是他派遣郎中蔡愔、秦景等人前往天竺，求取佛经佛法。

天竺距离洛阳有一万多里，世人称这里是佛祖出生的地方。蔡愔、秦景奉明帝诏令西行取经，历经千辛万苦，才到达天竺国。

天竺人笃信佛教，僧侣众多，他们见汉朝使者到来，十分热情。虽然这些僧侣与汉朝使者语言不通，但知道他们是来求取佛经的，立即取出经文给他们。

蔡愔与秦景在洛阳城也算是文人领袖，但他们根本看不懂这佛经的意思。幸好天竺有两位高僧略懂中国的语言文字，他们向蔡愔、秦景粗略讲解了佛经的大意。

蔡愔邀请两位高僧回中原传授佛法，他们竟然欣然答应了。于是两位天竺高僧绘制了佛祖像，用白马驮着四十二章佛经，跟着蔡愔与秦景一起来到洛阳。

明帝见了天竺高僧，对他们礼遇有加，还下令建起一座寺庙，让两位天竺高僧做住持，当初驮经的白马也养在寺庙中。这座寺庙便被取名"白马寺"。

后汉 | 15. 班超出使西域

明帝在位十多年,国家强盛,四海太平,只有汴渠常年失修,经常发生水灾,百姓对此多有怨言。后来王景奉明帝之命前去修治。

王景到了那里,勘察地势,凿山开渠,修筑堤防。汴渠经过他的一番修治以后,黄河水不再泛滥,百姓欢喜不已。

建武二十七年(51年),西南地区的哀牢首领贤栗率领部众归附汉朝,明帝下令封他为哀牢王。此后数十年间,西南一带都平安无事。

唯有北匈奴表面上与汉朝修好,背地里却屡次侵略汉朝边境。明帝与众臣商议一番后,决定伺机攻打北匈奴。

转眼间到了永平十六年(73年),驸马都尉耿秉等人急于立功,上疏明帝请求北伐。明帝下令调动四路兵马,一起讨伐北匈奴。这一战,汉军取得了微小的胜利。

这年秋天,北匈奴大举入侵,直指云中,太守廉范率领士兵出城御敌。因为敌军人数太多,廉范心想只能智退敌军。到了晚上,廉范让每个士兵举着两支火把围在营外,远远望去就像有千军万马聚集而来。

匈奴兵还真以为汉军的救兵来了,急忙撤退。廉范抓住时机,命令将士追击,成功斩杀敌军一千多人。此后,北匈奴不敢再侵犯

云中了。

奉车都尉窦固在此次征战中表现优异,杀敌最多,得到明帝的封赏。窦固是前大司空窦融之子,他想遵循从前汉武帝的策略招抚西域,以夷制夷。于是,他选出了一位智勇双全的属吏。

这人就是已故文吏班彪的小儿子班超。

班超起初和兄长班固一同在朝为官,兄弟俩都被封为兰台令史。班超就职一年因为犯事被罢官,窦固看重班超的才干,于是调他为假司马,后又让他与郭恂一同出使西域。

当时西域各国中要算广德的实力最强,其次是鄯善国。鄯善国自从臣服匈奴后,国内一直平安无事。

班超与郭恂率领三十多名部下到达鄯善国,刚开始的时候,鄯善王对班超等人十分殷勤且礼节周到,可几天之后突然改变态度,变得怠慢起来。

班超猜想很可能是北匈奴派人来了。于是他趁着鄯善国的侍者来送食物,故意问道:"匈奴的使者已经来了几天了,他们现在住在哪儿呢?"

鄯善侍者很是惶恐,还以为班超早就知道此事了,只好把事情和盘托出。随后,班超将侍者扣押,又召集部下一起喝酒。

正当大家喝得高兴之际,班超激动地说:"大伙跟着我一起来本是想建功立业、求取富贵的,但现在匈奴使者才来几天,鄯善王就对我们态度大变,如果他看我们人少把我们押送给匈奴,那我们可就要被喂豺狼了!"众将士听了班超的话都愁眉苦脸。

班超接着说:"为今之计只有趁夜偷袭,我们如果能消灭匈奴使者,鄯善王自然畏惧。功成名就,就在此一举了!"众将士听后都表示愿意听从班超的安排。

等到天黑时,班超带着三十多名部下来到匈奴使者大营,顺风

15. 班超出使西域

放火。

匈奴使臣瞬间乱成一团，班固冲入营中，抢先斩杀三人，其他人也一拥而入，杀死三十多人，百名匈奴士兵全都葬身火海。

第二天早上，班超请来鄯善王，把匈奴使者的首级拿给他看。鄯善王吓得面如土色，班超对他说："我汉朝国力强盛，你最好不要和匈奴来往，否则就是这样的下场！"

鄯善王立即表示愿意归附汉朝，并派自己的儿子前去洛阳做人质。

窦固见班超完成使命，十分高兴，上疏奏明班超的功劳，并请求再派使者出使西域。明帝认为班超智勇双全，是最合适的人选，于是任命他为军司马，派他出使于阗（tián）。

这一次，班超也只带着之前随行的三十多人出发了。经过长途跋涉，班超等人抵达于阗。于阗王接待了他们，但态度十分不友好。

于阗巫师对于阗王说:"天神发怒了,您为什么要与汉朝修和?汉朝使者有一匹黑嘴的黄马,赶快拿过来给我祭祀!"

于阗王听后立即向班超索要马,班超说必须要巫师亲自来取。等到巫师来见班超时,班超二话不说,拔出刀杀了他。

班超拿着巫师的首级来见于阗王,于阗王大为惶恐。班超又向于阗王说了鄯善国的事情,于阗王派人调查,发现情况果然属实,随即表示愿意臣服汉朝。

于阗、鄯善为西域大国,两国归附汉朝后,其他小国也都效仿,先后送儿子到汉都。此时距离西域与汉朝停止交流已有六十五年,至此才与汉恢复来往,奉汉朝为正统。

但龟兹王是匈奴所立,所以没有臣服汉朝。龟兹打败疏勒以后,指派龟兹贵人兜题继任疏勒王,疏勒人民对此十分不满。

班超等人从于阗出发,走小道来到疏勒,抓住兜题,然后召集疏勒国的文武官吏,向他们陈述龟兹无道、横行劫掠的恶行。疏勒国的官员很受触动,于是立前任疏勒王的侄子榆勒为新王。

班超为了宣扬汉朝威德,释放了兜题。至此,疏勒国也归附汉朝。

此时,窦固正率领士兵讨伐车师。车师分为前后两个王庭,两者相距数百里。耿秉毛遂自荐率兵攻打车师后王,取得胜利,车师后王投降。前王闻之大惊,随后也投降汉朝。至此,车师也被平定。

永平十八年(75年)春,北匈奴听闻汉军已经回去,便派兵攻打车师后国。车师后王立即派人向屯兵金蒲城的汉将耿恭求援,耿恭派三百兵前去支援。

两军交战,汉军全军覆灭,可怜车师后王也死于乱军之中。匈奴军乘胜进攻金蒲城,耿恭领兵坚守城池,用毒箭打退匈奴兵的进攻。匈奴兵不敢再战,暂时退去。

春去夏来,匈奴兵卷土重来率兵攻打疏勒城。耿恭悬赏招募勇

15. 班超出使西域

士，召得军勇数千名。耿恭派他们做前锋，自己率兵跟进，又将匈奴打败。

但匈奴兵没有立即撤走，而是在城下驻扎，还派人拦截了城中水源。时间一久，城中的汉军因缺水少粮快坚持不住了，甚至不得不从马粪中挤出水来喝。耿恭不肯放弃，命令士兵挖井取水，一直挖到十五多丈深才有泉水涌出。

汉军由此士气大振，匈奴士兵也以为他们有天神相助，一下子四散逃走了。

16. 刘炟继位

明帝除了太子以外还有八个儿子，都已被封王。只是诸王子还年幼，所以住在京师。明帝亲自给诸王子分封领地，每人只分得数县，仅仅是明帝各位兄弟封地的一半。马皇后谏言道："诸王子的食邑只有数县，是不是太少了？"

明帝回答道："我的儿子怎么能和先帝的儿子一样呢？只要他们不愁吃穿就行了。"

永平十八年秋，明帝患病不起，突然驾崩，享年四十八岁。

明帝在位十八年，严格按照光武帝的方针治国，并且严令外戚干政，百姓得以安居乐业，国家享有太平。不过明帝为政严苛，注重刑名文法，楚王刘英和淮阳王刘延涉嫌谋逆的案子牵连了很多无辜的人，未免造成冤狱。

明帝去世后，皇太子刘炟继位，称作章帝。马皇后被尊为皇太后，朝中大臣也各有升迁。

这时，西域传来警报，焉耆（qí）、龟兹二国勾结北匈奴，进攻西域都护府，杀害都护陈睦。北匈奴还出兵柳中城，围攻汉校尉关宠。

汉朝当时正在办理明帝的丧事，没来得及发兵救急，不料车师国也受北匈奴诱惑，背叛汉朝，与匈奴人一起攻打疏勒城。

校尉耿恭鼓舞士兵坚守，但好几个月都没能打退敌军。耿恭与

16. 刘炟继位

士兵以诚相待，同生共死，于是众志成城，誓死守卫城池。

这时，北单于派人招降耿恭，耿恭却趁机杀死匈奴使臣。北单于得知后很气愤，又增兵来攻。耿恭一边坚守，一边遣使送信求援。

后来，朝廷终于正视西北边境的军情，派遣人马前去救援。

不久，朝廷接到酒泉太守段彭的捷报，汉军与匈奴兵在交河城大战一场，匈奴大败，车师再度归降。章帝当然欣慰，便不再发兵。

但是这只解救了关宠，没能顾及耿恭。这时，关宠积劳成疾，突然去世，谒（yè）者王蒙等人打算引兵东归。耿恭的军吏范羌正在队伍中，他坚持带兵去救耿恭，于是众将调给他两千士兵。范羌带着这两千士兵成功救出耿恭等人，一起撤至玉门关。

中郎将郑众上疏朝廷奏明耿恭的功绩，司徒鲍昱也上奏称耿恭的气节超过苏武，应当封爵厚赏，章帝听从了他们的建议，加封耿恭及其属下多人。

自此之后,章帝不想再顾及西域之事,于是下诏撤去戊己校尉及都护官之职,并且召回班超。

得知班超要回汉朝,疏勒国和于阗国的百姓全都依依不舍。于阗国的王侯甚至号啕大哭,抱着班超马的腿,不让他离开。班超十分感动,决定留下。

几十天后,班超又回到疏勒。疏勒已经投降龟兹,与尉头国合兵叛乱。班超抓住反叛首领,又击败尉头,使疏勒国重获安宁。随后,班超上疏章帝陈述西域各国的情况,请求留守西域。章帝同意了。

建初三年(78年),章帝册封贵人窦氏为皇后。窦皇后是前大司徒窦融的曾孙女,祖父叫窦穆,父亲叫窦勋,他们都因犯错被罢官。

窦勋的另一个小女儿也被封为贵人。窦氏姐妹花生得倾国倾城,温柔聪慧,受到章帝的宠爱。

只是这对姐妹花入宫两年多,没能诞下皇子。章帝急于立储,册立宋贵人的儿子刘庆为太子。窦皇后心有不快,但也无法阻挠,只是与宋贵人的关系疏远了。

这时,羌人又率兵攻入陇西汉阳,章帝立即派马防、耿恭等人调集三万兵马前去讨伐。这次,汉军大获全胜,羌人十三个部族全部投降,耿恭从此更加威名远扬。

谁知马防记恨耿恭引荐他人,挡了自己前途,故意唆使他人弹劾耿恭。章帝不辨真伪,将无罪的耿恭抓捕入狱。耿恭侥幸免去死罪,被罢官后回到家乡,含恨而终。

建初四年(79年),马太后卧病不起,不久便去世,谥号为明德皇后。章帝将马太后与汉明帝合葬在显节陵。

马太后贤良淑德,一生洁身自好,从不替母家谋取任何私利。章帝曾加封三位舅舅为列侯,马太后得知后说,自己并没有像光武帝的阴皇后、郭皇后那样有辅佐之功,而且马家已经深受皇恩,不

16. 刘炟继位

应该再增加外戚的权势,为朝廷埋下任何隐患,否则有违自己追求一生的志向。三位国舅听说这番话后,立即上疏章帝辞掉爵位。

再说宋贵人的儿子刘庆已经被立为太子,窦皇后见宋贵人母凭子贵,嫉妒得不行,视宋贵人母子如眼中钉、肉中刺。

等到马太后去世,窦皇后就想方设法谋害宋贵人。她先是设计陷害宋贵人借用蛊道诅咒宫廷,又在章帝面前日夜诋毁宋贵人母子。

章帝在窦皇后的挑唆下,竟然下诏把太子贬为清河王,立小梁贵人生的儿子刘肇为太子。刘庆遭贬后,宋贵人连同与她一起入宫的妹妹受到囚禁,两人愤懑不平,相继服毒身亡。

小梁贵人的儿子现在被立为太子,她的娘家也因此蒙受皇恩。窦皇后又担心梁氏得志,于是陷害梁贵人的父亲梁竦(sǒng)图谋不轨。章帝竟然言听计从,下令处死了梁竦。

这大小梁贵人得知父亲死讯,抑郁成疾,不久也都去世了。

阴险毒辣的窦皇后陷害了宋、梁两家尚嫌不够,还追恨马太后为章帝纳入大小梁贵人,图谋将马氏兄弟一并除去。

于是窦皇后与自家兄弟内外勾结,陷害马氏兄弟,章帝不辨是非,罢去马防兄弟的官职。而窦皇后的兄长窦宪升迁虎贲(bēn)中郎将,弟弟窦笃(dǔ)被任命为黄门侍郎,窦氏家族的势力越来越大,王侯贵戚无不忌惮他们。

当时明帝之女沁(qìn)水公主有数顷肥沃的土地,窦宪强行占去,公主也不敢与他计较,只好忍气吞声。

后来,朝中大臣上奏章帝陈明此事,章帝便开始留意这件事,有一次刚好和窦宪路过沁水公主的园田,章帝故意问这里是谁的田园,窦宪支支吾吾半天答不上来,章帝于是知道奏章里说的都是真的。

等到回到宫内,章帝召见窦宪,严厉地指责他:"你擅自夺取

公主的园田,你可知罪?你如此骄横,和指鹿为马的赵高有什么区别?永平年间的时候,先帝曾经让阴党、阴博、邓迭三人互相监督纠察,于是豪族亲戚不再敢犯法。现如今公主的田园都能被夺取,何况是老百姓呢?像你这样的人,死了有何可惜的?"

窦宪听到这里,魂都要吓飞到九霄云外了,急忙跪下磕头。这时,窦皇后跑到章帝跟前泪眼婆娑(suō)地替兄长求情,章帝见她楚楚可怜的模样当然心软,也就不再追究窦宪的过错。

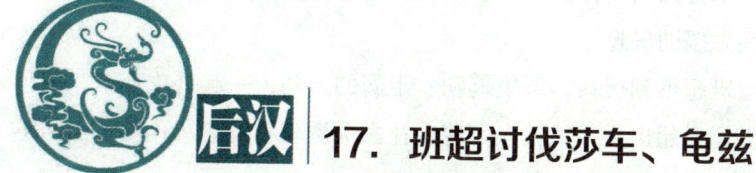

17. 班超讨伐莎车、龟兹

建初五年（80年），班超突然上疏章帝，请求发兵西征，平定西域。章帝收到消息，立即派徐幹（gàn）等人率领一千人援助班超。

徐幹率兵来到疏勒后，与班超合兵进攻叛将——疏勒都尉番辰，斩杀一千多名敌兵。班超又打算进军龟兹，因为乌孙兵力强盛，便想邀请它夹攻龟兹。班超向章帝上疏提出以夷制夷的制敌对策，章帝采纳了他的建议，派人先去招抚乌孙国。

建初八年（83年），乌孙国派使者入朝乞求修好。章帝很高兴，立即封班超为将兵长史，升徐幹为军司马，另派卫侯李邑护送乌孙使者回去。

李邑才到于阗就听说龟兹正在攻打疏勒，吓得不敢继续前进。但他反而上疏章帝说西域难以平定，长史班超整日在当地与妻儿玩乐，毫不顾及国内。

班超听说了这件事，担心圣上听信谗言，立马让妻子离开自己，并向章帝上疏陈述苦衷。

章帝深知班超对国家忠诚，因此下诏书斥责李邑，并让李邑接受班超调遣。后来班超让李邑护送乌孙王的儿子入京，李邑回到京城后再也不敢诋毁班超。

章帝因为乌孙国派儿子来朝,更加相信班超。第二年,章帝又派兵去援助班超。

班超得到援兵,调集疏勒、于阗的人马,一起进攻莎车。莎车王听闻班超出兵,就派人带着重礼去引诱疏勒王忠。疏勒王抵挡不住诱惑,于是背叛班超,屯兵乌即城。

班超改立疏勒府丞成大为新王,又召集士兵攻打乌即城。乌即城易守难攻,班超带兵围攻数月也没将此城攻下。

疏勒王忠又向康居求援,康居出兵一万前往援救乌即城。

乌即城来了援兵,班超因此进退两难。班超得知月氏与康居两国联姻,来往密切,于是派使者给月氏王送去不少锦帛,让他转告康居王退兵。

月氏王也是贪图利益之人,当即就答应了。康居王念及与月氏之间的姻亲关系,哪还管什么疏勒王忠?随即下了一道密令,派人抓住疏勒王忠。

乌即城失了援兵又没了主子,只得举城投降班超。

疏勒王忠被康居王抓去之后,没被处死,两三年后他又说服康居王借了一些兵马给他,回来占据损中,与龟兹勾结密谋,想要攻打班超。

龟兹王让疏勒王忠向班超诈降,然后里应外合除掉班超。班超早已看穿了他们的计策,佯装接受疏勒王忠的投降。

疏勒王忠还以为班超中计,十分高兴,立马去拜见班超。班超备好酒宴,然后在宴会上将他抓捕并斩首。随后班超带兵偷袭康居,斩杀敌军七百多人。

第二年,汉朝改年号为章和,班超又调集于阗等各国士兵两万五千人,攻打莎车。莎车向龟兹求援,龟兹王与温宿、姑墨、尉头合兵五万援救莎车。

17. 班超讨伐莎车、龟兹

　　班超得知对方援兵众多,难以抵御,故意当着莎车间谍的面说出己方的御敌计策,然后假装不加注意,让他们逃回去通风报信。

　　龟兹王得知军情后大喜,亲自率领一万骑兵向西进攻班超,让温宿王率领八千骑兵向东截击于阗王。

　　班超登高远望,看见敌营兵马都已出动,料知对方已经中计,立即率兵偷袭莎车大营。莎车兵毫无防备,眼见来了这么多汉军,吓得四处逃散。班超等人最终斩杀五千多人,把军营里的牲畜财物全部夺走。

　　莎车兵无路可退,争相投降,莎车王也因势单力竭向班超屈膝投降。

　　班超收兵进入莎车城,接着传令全营将士及于阗王。于阗王这才知道班超计中有计,因此对他格外佩服。

　　龟兹、温宿诸王探得莎车已经投降汉军,才知道被班超算计了,

全都未战先怯,各自退军回去了。

班超自此一战成名,西域各国不敢再生二心,就是北匈奴对班超也是闻风丧胆,好几年都不敢侵犯汉朝边境。章帝得以专心治理国家,勤修内政。

元和元年(84年),太尉邓彪被罢官,章帝下令大司农郑弘继任。郑弘见窦氏权力日盛,担心他们危害国家,时常规劝章帝对窦氏一族加以约束。

尚书张林、洛阳令杨光都是窦宪的同党,常常贪赃枉法。郑弘忍无可忍,上疏弹劾张、杨二人的恶行。杨光得知此事大惊,立即向窦宪求救。窦宪恶人先告状,诬陷郑弘泄露朝廷机密。

章帝便下诏责罚郑弘,免了他的官职。后来章帝又赦免郑弘,郑弘请求辞官回乡,但好几天都没有收到章帝的回复。

郑弘抑郁成疾,卧床不起,临终之前还写了一封奏书,极力斥责窦宪。章帝看过之后终于有所醒悟,派御医前去探视郑弘,不料郑弘已经去世。

郑弘的妻子谨遵郑弘的遗嘱,将朝廷所赐之物全部归还,然后轻车简从,布衣归乡。章帝也不加赏赐,就让他们离开了。

章和二年(88年)早春,章帝突然患病不起,不久便驾崩,年仅三十一岁。他在位十三年,国家繁荣昌盛,朝野安定,也算是福禄两全了。

章帝驾崩后,窦皇后立即召兄弟入宫,将他们安插在重要岗位,然后拥立太子刘肇登基,史称和帝。

和帝才十岁,尚且年幼,窦宪兄弟召集大臣商议,尊窦氏为皇太后,临朝听政。大臣们都忌惮窦氏权威,不敢提出异议。

窦太后想让兄长窦宪摄政,但窦宪有所顾忌,就召前太尉邓彪为太傅。邓彪受命任职,他虽为朝中领袖,但国家大权实际上仍

17. 班超讨伐莎车、龟兹

掌握在窦氏手中。宫廷内外只知道有窦氏兄弟,不知道有太傅邓彪。

都乡侯刘畅入京吊丧时,托人到窦太后那里替自己美言,后来窦太后召见了刘畅。刘畅口齿伶俐,谦逊有礼,很快博得窦太后的欢心。

窦宪见刘畅受到太后宠爱,极为不满,担心刘畅以后会夺自己的权,打算先发制人。窦宪派刺客将刘畅杀死,并嫁祸给刘畅的弟弟刘刚。

纸包不住火,事情还是败露了。窦太后大怒,窦宪连忙跪下认罪。窦太后一时气愤将窦宪禁锢在内宫。窦宪为了保命,主动请命率兵攻打匈奴,立功赎罪,窦太后答应了。

18. 窦氏专权

窦宪等人还未出兵就收到护羌校尉邓训的捷报,称已经赶走羌人迷唐,收服了羌族人。

邓训是高密侯邓禹的第六个儿子,少年时就胸怀大志,崇尚武功。邓禹常常训斥邓训是个不孝子,哪知邓训善于安抚兵民,与士兵同甘共苦,深得人心。

后来,朝廷因护羌校尉张纡滥杀羌人,将他罢官,朝中大臣大多举荐邓训继任。

邓训刚上任不久,羌人迷唐就率兵一万来到塞下。迷唐不敢贸然挑战邓训,先派人去威胁小月氏投降。小月氏部落里有不少勇士都不服羌人,发誓要与羌人拼死相斗。

邓训得知情况后,派人去安抚小月氏等胡人部落,并且大开城门,放他们的妻儿入城,将他们好生安顿。这下羌人无从掠夺,只好退兵离去。

小月氏等部落感念邓训的恩德,跪在邓训面前说:"我们今后唯将军马首是瞻!"

邓训从胡人之中挑选数百名勇士,对他们以诚相待。胡人更加感动,无论男女长幼都跪伏在前,表示愿意归顺邓训。

后来邓训用重金招降羌人,迷唐的叔父号吾率领八百户族人前

18. 窦氏专权

来投奔，邓训将他们全部收入麾下。

邓训安抚好前来投降的羌人就率兵攻打迷唐。两军交战数次，迷唐战败逃走，其他羌族见迷唐战败，相继归附邓训。

邓训的捷报传来，车骑将军窦宪也部署好人马准备出征了。临行之前他担心家中子弟犯法，就给尚书郅（zhì）寿写了一封信，嘱托他加以关照。

哪知郅寿铁面无私，竟将那些犯罪的窦氏门生送进监狱，而且还上疏奏明窦宪的罪行。

窦宪勃然大怒，设法陷害郅寿使他入狱，并劝诱廷尉将郅寿判为死罪。太尉掾何敞（chǎng）不忍袖手旁观，他上疏进谏，据理力争，督促朝廷查明事实。窦太后这才免了郅寿死罪，将他贬到偏远的地方。郅寿愤懑难抑，竟然自刎身亡。

窦宪害死郅寿，愈加嚣张跋扈。三公九卿也有些看不过去，于是联名上疏，请求不要派窦宪北伐。但是窦太后顾念骨肉情深，没有听从。

车骑将军窦宪奉了太后的命令，与耿秉等人一同出征。

大军到达鸡鹿塞，度辽将军邓鸿与南单于屯屠何都来与汉军会合。各军聚集在涿（zhuō）邪山，由窦宪统一调兵遣将。这时正值北单于领兵来攻，两军交战，从中午一直打到晚上，北匈奴军大败。

窦宪亲自率军乘胜追击，最后斩杀敌兵一万三千人，俘获牲畜一百多万头，收降北匈奴八十一个部落。

打了胜仗的窦宪自认为功德无量，于是命班固写文称颂，再刻于石上，随后便班师回朝了。

但窦宪派遣军司马梁讽带领一千骑兵继续北行，沿途宣扬汉朝国威，主张服从者有赏，不服从者就诛杀。北匈奴刚刚经历战乱，听到这个命令，全都争相归附。梁讽先后招降一万多人。

北单于见汉军到来也请求归附汉朝,梁讽想带着北单于回都朝见天子,但北单于却只派弟弟入京。窦宪因北单于不肯亲自前来,于是将他的弟弟遣回,不与北匈奴修和。

窦宪立功回朝,威震汉廷,朝臣大多趋炎附势,他们奏请让窦宪居于三公之上。窦太后自然欣然答应,然后又分别赏赐众将士官吏。但窦宪拒绝了封赏,而是请命率兵镇守凉州。

后来,南单于写信给窦宪,让他乘胜一举灭掉北匈奴。窦宪本就贪功,立马答应下来,在永元三年(91年)仲春派兵攻打北匈奴。

这次北征,汉军一鼓作气,杀得北匈奴大败,北单于也被乱箭射死。

窦宪平定北匈奴后,更是权倾朝野,随意任用自己的心腹爪牙。这些人仗着有窦宪撑腰,行事毫无忌惮。

尚书仆射乐恢因弹劾窦氏兄弟的门人遭到记恨。窦宪为报复乐

18. 窦氏专权

恢,派人严加管束他,限制他的自由,乐恢虽然在家里,却跟坐牢没有两样。

最终,乐恢抑郁至极,服毒自杀。

从此,窦氏家族更加骄横,他们在民间横行霸道、鱼肉百姓,大家都敢怒不敢言。

永元三年十月,和帝出巡长安,召窦宪到行宫相见。窦宪奉命拜见天子,百官都到十里外迎接,准备向窦宪下跪,齐称万岁,这时尚书韩棱严厉制止了他们。窦宪因韩棱威望甚高,一时也不敢拿他怎么样。

当时和帝已经十四岁,他知道窦氏专权必然会造成后患,于是升任太常丁鸿为司徒,充当自己的臂膀。

恰逢夏季时发生日食,丁鸿借机上疏请求抑制窦氏一族的权势。和帝看完,又任命丁鸿兼任卫尉,屯兵南北宫。

当时朝中大臣多是窦氏的耳目,和帝思来想去,决定找来宦官郑众一起商议。郑众请求先调回窦宪,然后再设法除掉他。

和帝听从他的建议,从凉州召回窦宪,然后前往幸北宫,借白虎观讲经的名义,召清河王刘庆入宫共商大计。

刘庆就是之前被废的太子,现在住在都城,他与和帝一直关系很好。和帝知道刘庆怨恨窦氏,定会助自己一臂之力。

刘庆果然替和帝想了一个办法,他借来前朝的《外戚传》给和帝看,两人将这本书作为引证,开始秘密谋划。

这时窦宪已经奉诏回京,但是天色已晚,要等到第二天才能入朝。哪知当夜事情就有变动,和帝先行派人将窦宪的心腹部下抓捕入狱。

窦宪还在家中,对外面的事变毫不知情。第二天天亮,他家门外已经布满士兵。这时,有人进来传诏收回窦宪的官印,改封他为

冠军侯,并命他立即前往封地。

窦宪无奈只能依诏行事,等到朝使离开,他立即命人打探兄弟们的消息,才知道他们也上交了官印。

窦宪又听闻自己的党羽被抓,已经押往刑场就地正法,吓得惊慌失措,不知如何是好。

很快宫中士兵来到窦宪家中,催促他赶快前往封地,他的三个兄弟也同样被逼上路。窦宪还想前往长乐宫请窦太后为自己求情,但被士兵阻拦。

无计可施的窦宪只好草草准备行李,前往封地。窦氏兄弟几人都只被允许带着妻儿离开,他们一走,偌大的宅院也都一律封闭,都中人民全部拍手称快。

和帝论功行赏,认为郑众立了首功,于是封他为大长秋。和帝接着追查窦氏余党,又罢免了不少人,窦氏在朝中的残余势力被肃

18. 窦氏专权

清得差不多了。

后来，和帝又逼迫窦氏兄弟自杀。

班固也曾投靠窦氏，和帝只是将他罢官，偏偏洛阳令种竞假公济私，将六十多岁的班固抓捕入狱折磨致死。和帝知道这件事后将种竞免官，狱卒处死。

班固之前奉诏撰写《前汉书》，还剩下一小部分没有完成。班固一死，无人可编写。和帝知道班固的妹妹班昭博学多才，于是命她继续完成此书。

西域长史班超虽然和班固是兄弟，但他常年在外，与窦氏很少来往，当然无罪，而且还因多次立功被升为西域都护。

19. 班超再败西域诸国

班超自从攻克莎车国以后，威名便传遍西域。月氏国曾经派兵帮助汉军击破车师国，因此给班超写信，表示想要与汉朝和亲，迎娶公主。班超不肯转奏，还将书信扔在地上。月氏王为此怀恨在心，在永元二年（90年）的时候，派兵七万攻打班超。

班超的部下才数千人，当下人心惶惶，唯独班超从容不迫。他知道月氏兵远道而来，粮草肯定供应不上，只要汉军坚守十来天，月氏兵必定撤军投降。

果然，月氏兵进攻班超一时无法获胜，粮食也快没有了。情急之下，月氏副王派人向龟兹求粮。班超早料到他们会这么做，于是派人在半路埋伏，杀掉月氏派往龟兹的使臣。

月氏副王见班超如此厉害，只得派人请降。班超对月氏使者说："你们既然已经知罪了，我就放你们一马。但以后每年都要向我朝进贡财物，否则明日决战，别怪我们无情！"

月氏副王只求活着回去，哪里还敢恋战，便答应了班超的要求。

回国后，月氏副王向月氏王陈说班超如何足智多谋、骁勇善战，月氏王听后也觉得惊心，于是答应每年向汉朝进贡。

这消息迅速传遍西域，龟兹、温宿、姑墨三国也相继向汉朝投降。和帝收到奏报很高兴，于是重新设置西域都护府，升任班超为

19. 班超再败西域诸国

西域都护，徐幹为长史。当时西域诸国大多归顺，只有焉耆、危须、尉犁三国因为之前攻打过原都护陈睦，所以不敢投降。

永元六年（94年）早秋，班超调集龟兹、鄯善等八国兵马一同讨伐焉耆、危须、尉犁。大军到达尉犁，班超先派使者通告三国，大意是说，如果诸王投降，自会得到封赏；如果对抗汉朝，那就等着大兵压境！

随后，班超率领大军继续前进来到焉耆国界，先是派遣使者告诉三国的国王："汉都护班超率兵前来，无非是想要稳定三国的形势，如果你们改过向善，就应该让首领前来欢迎王师，都护会按照大汉的恩典，赏赐给你彩帛。如果执迷不悟，对抗王师，恐怕就会大兵压境，到时候玉石俱焚，再想投降可就来不及了！"

焉耆王广听说后，赶紧派人去察看汉军的军容，发现汉军将多兵广，很是威严，急忙派遣北鞬支拿着牛肉和酒水去迎接王师。

班超责问北鞬支："你的王怎么不来欢迎？是不是你在旁边阻挠？"

北鞬支辩解了一番，不肯认罪。

班超反而笑道："既然你没有阻挠，那你可以回去告诉你的王，让他亲自来犒劳王师。"

说完，赏赐给北鞬支几匹帛。

等北鞬支走了，旁边的军吏问道："为什么不杀了北鞬支？"

班超摇头说："北鞬支在他们国中威望和权力都很大，如果还没有进入他们的国家就杀了他，恐怕会引起对方殊死一搏，不如放他回去，我们也好抵达他们的国家。"

之后，焉耆王和尉犁王都闻讯前来赴约，唯独危须王没来。班超传二王进帐，对他们怒声喝道："危须王为何没来？"话刚说完，就命人将二王和他们的随从全部拿下，押到陈睦的牌位面前斩杀。

班超将二王的首级送到京城，然后纵兵抢掠，斩首五千多人，俘获士兵一万五千人、马畜牛羊三十多万头。班超另立焉耆左侯元孟为焉耆王，又在城中住了半年，以稳定焉耆的局势。

从这之后，西域五十多个国家全都遣送人质归附汉朝。和帝下诏封班超为定远侯，食邑千户。

这时，南单于屯屠何突然病逝，他的弟弟安国继位，但安国没什么声望，国人并不信服他。安国的堂兄左贤王师子多次协同汉军攻打北匈奴，并受到汉朝的赏赐，在国内的声望高于安国。

左贤王担心功高震主，于是迁居到五原界。安国仍不放心，还是密谋杀害左贤王。后来，安国与左贤王撕破脸，率军驻扎在五原与左贤王相持。

汉朝派人从中调解，但安国并不听从。于是汉朝决定发兵讨伐安国。安国两面受敌，很快就支持不住了。

19. 班超再败西域诸国

安国的舅舅为了自保不得已杀掉安国，迎立左贤王。北匈奴对此感到不平，他们感念安国的恩惠，趁乱发动叛变，另立前单于屯屠何的儿子逢侯为新单于。后被汉军追杀，一路逃至北方边境。此后，朔方、漠北一带又分作南北二部，频频侵扰边关。

匈奴叛乱的时候，羌人也乘机侵犯边关。此前，邓训对羌人恩威并施，驾驭有方，羌人臣服于他。而邓训一死，羌人迷唐又心生二心。

继任的护羌校尉聂尚想效仿邓训招抚羌人，但狡猾的迷唐假意归顺，打探一番虚实后就乘机反叛。聂尚无法制服迷唐只能向朝廷求助，朝廷直接将他罢官，另派居延都尉贯友接替他的职位。

贯友担心重蹈覆辙，于是率兵攻打迷唐，迷唐战败后侥幸逃走。

永元九年（97年），此时贯友已经去世，迷唐又率领八千多人侵犯陇西，并胁迫塞内的羌人一起作乱。他们击败陇西守兵，杀死大夏县县长，残害百姓。

警报传到京城，和帝立马派兵前去讨伐迷唐。汉军与迷唐军大战一场，斩杀一千多人，俘获牲畜一万多头，迷唐战败逃走。汉兵也死伤不少，收兵退回了。

同年皇太后窦氏病逝，朝中大臣这才告知和帝他的生母是小梁贵人，当年被窦氏所害，由宫人草草下葬，并没有发表。

和帝得知真相后非常悲痛，但他感激窦太后对自己的养育之恩，还是将她与章帝合葬于敬陵，尊谥号为明德皇后，又将生母小梁贵人葬于西陵。

和帝此时正值青春年华，后宫嫔妃已有了数人，入宫最早的要算前执金吾阴识的曾孙女了。阴氏女面容清秀，知书达理，入宫后就受到恩宠被封为贵人，永元八年（96年）又被立为皇后。

后来，又有一位大家闺秀被选入宫中，她的身世不输阴皇后，

且姿色更胜一筹。她就是已故护羌校尉邓训的女儿,前太傅高密侯邓禹的孙女邓绥。

邓绥从小就饱读诗书,才智出众,十六岁时已经出落得亭亭玉立。邓绥一入宫就受到和帝恩宠,不久被封为贵人。

邓贵人虽然受到恩宠但一点也不骄纵,反而十分谨慎。平时觐见阴皇后,一定小心伺候,对待下人也和颜悦色,后宫人人都称赞她。阴皇后见邓贵人得宠,很是嫉妒,请来巫师诅咒她。

谁知邓贵人没有遭遇祸患,和帝却一病不起,阴皇后恼怒至极,对着左右说道:"我如果得志,一定不会让邓氏好过!"

有人将这话告知邓贵人,邓贵人痛哭流涕,打算以自己的死为和帝和族人免祸。幸好宫人赵玉在一旁劝阻,并谎称和帝已经痊愈,邓贵人这才没有寻死。

第二天,和帝的病真的好了。有人把阴皇后的话告知了和帝,和帝于是对阴皇后心生芥蒂。

20. 英年早逝的汉和帝

和帝得知阴皇后忌恨邓贵人之后，时刻提防她谋害邓贵人。永元十四年（102年），又有人向和帝告发阴皇后下巫蛊诅咒邓贵人一事，和帝怒火中烧，立即派人严查。

经过查明，证实诅咒一事属实，和帝不顾旧情，下令废掉阴皇后。阴皇后的父亲因此受到牵连，她的弟弟也死于狱中。阴皇后既后悔又悲伤，茶饭不思，终日以泪洗面，最后郁郁而终。

阴氏被废，后宫无主，和帝立邓贵人为后，朝廷内外都一同庆贺。

再说凉州西部，战败的羌人迷唐反复无常，多次发动叛乱，一旦打不过汉军就假意投降。

护羌校尉周鲔与金城太守侯霸调集各路兵马讨伐，迷唐战败带着几百人逃走。剩下的羌兵多半投降，但不久又发动叛变。

当地郡守发兵将他们剿灭，然后把羌族妇女全都罚为奴婢。从此，四海及大小榆谷不再有羌人叛乱，而迷唐最终因孤立无援病死。

而西北一带，自从班超安抚西域后就没有发生战事了。只是班超奉命西行已经大约三十年没有回国了，他这时将近七十岁了，非常思念故乡。

恰逢安息国派遣使者入贡狮子，班超让儿子班勇带了一封奏折随同使者回京，乞求和帝同意自己辞官回国。和帝因班超在西域深得人心，一时间找不到人代替他，于是将这件事搁置下来。

转眼又过了两年，班超迟迟等不到朝廷的回音，十分着急。他听说妹妹班昭在宫中编修史书，于是又给她寄去一封信，让她设法让自己回国。

班昭本来文笔极佳，她提笔替哥哥写了一封奏折呈给和帝。

和帝读了班昭的奏折非常感动，立即下令召班超回朝，同时任命中郎将任尚接任西域都护。

班超年老体弱，患有疾病，回到洛阳后病情加剧，才一个多月就去世了，享年七十一岁。和帝派人前去吊祭，赏赐了很多财物，并让班超的长子班雄承袭父亲的爵位。

到了元兴元年（105年），雍地突然裂开，人们都认为这是不祥的征兆。这年十二月，和帝突然病重，不久就驾崩了。和帝只活了二十七岁，在位十七年。

当时和帝还没有立储君，因为后宫嫔妃生下的孩子多半夭折，嫔妃们都视宫中为不祥之地，就是生了孩子也让乳娘抱到宫外，寄养在民间。

和帝突然驾崩，群臣来找邓皇后商议立储之事。邓皇后知道后宫有两位皇子，长子叫刘胜，向来疾病缠身，不便继位；少子叫刘隆，出生才一百天，现在寄养在宫外。

邓皇后派人将刘隆迎回，拥立他登上皇位。邓皇后被尊为皇太后，临朝听政。

因为新帝年幼，尚在襁褓（qiǎng bǎo）之中，邓太后安排朝廷重臣居住在禁宫。一切安排妥当后便将和帝葬于慎陵。

和帝在位十七年，英明仁爱，很有他祖父的风采，他少年时就铲除窦氏，总揽朝纲，后来尊儒礼士，广纳谏言，使百姓过上了太平日子，只可惜英年早逝，令人叹息。和帝晚年封郑众为侯，重用

20. 英年早逝的汉和帝

宦官，也为汉皇室种下了一个大祸根。

丧礼结束以后，诸王陆续回到封地。清河王刘庆追念和帝悲痛不已，直至口吐鲜血，邓太后对他格外体恤，还赐给他一些和帝用过的东西留作纪念。又因为皇帝年纪太小，邓太后怕他有什么不测，于是让清河王的长子刘祜与嫡母仍住在清河府中。

接着邓太后下诏大赦天下，下令节减国内的各项开支。

不久，司空陈宠病死，太常尹勤接任司空一职，虎贲中郎将邓骘（zhì）被提拔为车骑将军。

邓骘是邓太后的亲哥哥，之前太后为了避嫌，没有让和帝给哥哥升官。现在邓太后亲政，很多政务不得不召见哥哥商议，因此升任他为车骑将军。好在邓骘为人低调、谦虚，而且懂得居安思危。

光阴似箭，转眼又到了秋天，小皇帝居然感染风寒去世了，年仅两岁。邓太后急忙召见邓骘商议皇位人选之事。

当时清河王刘庆的儿子刘祜还在京城,于是邓太后提议迎立刘祜。邓骘召集朝中大臣商量,大家也无异议。

随后,众人拥立刘祜称帝,史上称他为安帝。但是安帝也才十三岁,不能亲政,大臣们仍让邓太后临朝听政。

过了一个月,太后下令将小皇帝葬在康陵,这位小皇帝没有谥号,也没有庙号,历史上只称他为殇(shāng)帝。

清河王刘庆回到封地一年后就病入膏肓,不久便去世了,他的长子刘虎威承袭父爵。

偏偏国内刚刚稳定下来,外患又接连而起。西域都护任尚处事严苛,逐渐失去人心,西域各国于是相继叛乱。

任尚向朝廷求助,朝廷将他召回,另任骑都尉段禧为都护,北地人郎中梁懂(qín)为西域副校尉。梁懂见西域各国都有叛变之心,首先拜访龟兹王,让他与汉军联合,不要辜负汉朝厚恩。龟兹王答应了,但是龟兹官民不肯同意。

梁懂见龟兹官民怀有二心,立即去信让都护段禧率兵围攻龟兹国都。龟兹官民恨龟兹王招来汉军,于是联合温宿、姑墨两国的兵马,攻打龟兹王。

梁懂毫不畏惧,鼓舞汉兵出城抵御,结果三战三胜,温宿、姑墨两国的士兵接连败走。梁懂又率兵追击,最终斩杀数万敌兵,夺得许多牲畜。

龟兹国被平定后,梁懂等人上疏告捷。但是除龟兹以外,其他国家都不肯听从汉朝,以至于道路阻塞,奏报难以通行。等捷报到达都城时,差不多过了一百多天。

群臣感叹西域偏远难以管理,耗费巨大,而且驻守西域的士兵十分艰苦,还不如撤销都护府,让将士们班师回朝。

邓太后听从了大臣们的建议,下诏迎回在西域的将士们。

后汉 21. 羌人叛乱

骑都尉王弘奉命调集金城、陇西、汉阳等地的羌人去迎接从西域归来的汉军,羌人还以为是将他们派往西域去,因此拖拖拉拉不肯前进。

后来,羌人趁机作乱,他们用竹竿当兵器,板子当盾牌,占据陇道,四处劫掠。郡县官兵无法抵御,不得不连连向朝廷告急求援。

邓太后派车骑将军邓骘发兵征讨羌人,又起用任尚为征西校尉,让他归邓骘调遣,一同西行。

车骑将军邓骘等人奉命征讨羌人,但因为各郡兵马尚未到齐,于是屯兵在汉阳。邓骘派遣前锋数千骑去打探羌人的动静,不料却被羌人杀掉一千人,其他汉兵狼狈逃回。

正巧西域副校尉梁慬奉诏带兵救援邓骘,最后斩杀五千多羌人。大军到达姑臧时又有三百多羌人前来投降,梁慬将他们遣回原来的地方。

边疆的战乱还未平定,内地的灾难又起,不少地方发生严重的自然灾害。宦官鄛乡侯郑众及尚方令蔡伦深得邓太后宠信,他们乘机干预朝政。司空周章屡次劝谏邓太后,但邓太后并不听从。

周章性情耿直,他见宦官专权,心中无比激愤,于是暗自谋划准备杀掉邓骘兄弟及郑众、蔡伦等人,废掉太后所立的皇帝,改立

平原王刘胜。

不料消息被泄露，周章被削去官职，他自知难逃一死，服毒自尽了。

第二年二月，朝廷派官员出巡赈济灾民，但并没起到什么作用。后来邓太后听从大臣的建议将灾民安置到其他地方，灾情才稍稍缓解。

不久，朝廷接到任尚战败的消息。原来任尚奉命讨伐羌人滇零，结果大败，伤亡八千多人，慌忙逃回。

滇零打了胜仗，竟然自称天子，他召集武都、参狼等地的羌人，四处侵犯，气焰十分嚣张。

那些被掠夺的郡县，粮食都被抢走，死亡的百姓不计其数。朝廷既要转运军粮，又要赈济灾民，变得忙乱不堪。

汉将梁慬领兵接连打败羌人，邓太后得知后委任他统率各军，继续讨伐羌人。哪知羌人越战越勇，他们接连攻破羌县、临洮县，连陇西南部的都尉都被他们抓去。

国内也天灾频发，上半年闹饥荒，下半年发洪水，百姓苦不堪言，甚至出现人吃人的现象。

接着又传来许多警报，海寇与平原盗贼勾结，四处劫掠；乌桓、鲜卑发生叛乱，一再侵犯；连南单于也背叛汉朝，汉朝目前的局势非常危急。

邓太后收到警报非常着急，只好与兄长邓骘一起商议对策，决定分兵调派人马前去征讨。

随后，汉军们一鼓作气，奋勇杀敌，最终成功击退各路敌人。

但羌人仍不肯臣服，频频出来作乱，多年来边塞的警报一直没有停过。多名驻边将领战死沙场，护羌校尉段禧病死，无人接替，只好任用侯霸，令他屯兵张掖，防御羌人。

21. 羌人叛乱

永初四年（110年），邓太后的母亲患病身亡，邓骘兄弟上疏请求辞官回乡为母亲服丧，邓太后本想拒绝，经过班昭的劝阻才答应了。

班昭此时已经续编完汉史，闲暇时她又写下《女诫》七篇，这本书流传至今，俗称"女四书"。后来班昭去世，邓太后穿着素服为她哀悼。

当时还有广陵人姜诗的妻子，河南人乐羊的妻子，也都很有贤名，她们同班昭一样被人传颂至今。

一段时间后，羌人又辗转入侵河内，百姓只好渡河逃跑。朝廷下诏让沿边的官吏分段防守，但这些官吏祖籍多在内地，不愿在外防守，于是纷纷上疏迁徙郡县百姓，以躲避贼寇。

朝廷无奈，只好下令内迁。诏令一下，官吏们当然大喜，他们火急火燎地催促百姓迁居。可百姓不愿背井离乡，这些官吏竟然命人割了庄稼，捣毁房屋，强行逼迫百姓迁徙。

可怜老百姓一路上颠沛流离，老弱的大多丧命，只剩下一小半身强体壮的人勉强活下来。

后来，北地、安定、上郡三地遭到羌人入侵，朝廷特派度辽将军梁慬发兵解救三郡的官民。梁慬派遣南匈奴单于哥哥的儿子优孤涂奴率兵迎接三郡百姓。

事成之后，梁慬认为优孤涂奴有功，便先行授予他羌侯官印，随后才上报朝廷。可朝廷责怪梁慬专权，将他召回后打入狱中。幸好校书郎马融上疏为他求情，朝廷才赦免了他的死罪。

朝廷又任命马贤为护羌校尉，并且调回班雄，升迁任尚为中郎将，让他屯兵三辅。

当时虞诩（xǔ）调任怀令，他拜见任尚，乘便献计说："兵法上说，弱的不去进攻强的，走的不去追赶飞的，如今羌人都是骑兵，汉军都是步兵,自然是追赶不上的,我们虽然有二十万兵力,但基本没什么用。还不如罢除郡兵,省下二十个人的兵饷(xiǎng)就可以买一匹马,这样就能用一万骑兵去驱逐数千敌寇,何愁不能成功呢?"

任尚听了虞诩的话大喜,立即让虞诩上疏朝廷,朝廷回复让任尚依计行事。

果然,任尚率领骑兵轻松破敌,很快传来捷报。邓太后因此更加器重虞诩,提拔他为武都太守。

虞诩带着部众赴任,在半路上得知羌人截住了要道,拦住去路,下令部队停止前进,并宣称要请求援兵。

羌军信以为真,分头前往掠夺邻近的郡县,虞诩则趁机冲了过去,日夜兼程行进了一百多里。沿途虞诩下令每个士兵各起两个炉灶,以后每天增加一倍。

拒羌虏增灶称奇

21. 羌人叛乱

部下表示不理解，虞诩解释道："敌军人数比我们多，我们走慢了必然被他们赶上，走快了敌军便无法探知我军的底细了。增加炉灶数量，就是有意向敌人示强，让敌军认为我们的援兵已经来了！你们不要多疑！"

羌人听闻虞诩逃脱，果然前来追赶，但看见对方炉灶数量日益增加，就退回去了。虞诩的部下更加佩服他的才智了。

不久探骑传来警报，说是有一万羌兵围攻赤亭。虞诩清点郡兵人数，发现兵力不足三千，于是下令将士紧急操练箭法。

过了二三十天，将士们的箭法都很精湛了，虞诩便下令将羌兵引诱到赤亭。虞诩命将士先用小弓射击，小弓射程近，羌兵不足为惧，便集中兵力猛攻。

这时，虞诩下令每位士兵使用强弓，而且让二十个人集中射一个羌兵，结果百发百中。羌军大为恐慌，纷纷退走。

虞诩下令乘胜出城追击敌军，斩杀不少羌兵，剩余的羌兵则退到数里之外，虞诩也收兵回城。

次日，虞诩大开城门，让士兵从东郭门进入北郭门，又从北郭门进入东郭门，并且改换服装，往返好几次。

羌兵看得眼花缭乱，不知城中有多少汉军，吓得慌忙逃窜。等他们到了浅水滩，汉军早已在此设下埋伏。瞬时汉军从四面杀来，羌兵无从躲避，一个个做了刀下鬼。

这一战，汉军大胜，羌军再也不敢攻打武都了。

虞诩犒赏了士兵，立即研究起地形，修建了许多营垒。他召回流亡的百姓，疏通水道，开垦荒田，使得百姓家家自给自足，从此一方安定。

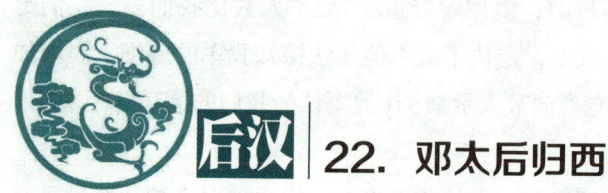

22. 邓太后归西

虞诩击败羌人之后，邓太后任命堂兄邓遵为度辽将军，邓遵联合各路大军成功打败羌人零昌。

后来，升任护羌校尉的任尚派人杀死零昌。零昌虽死，他手下的谋士狼莫拥兵自重，不肯投降。任尚与骑都尉马贤合兵攻打狼莫，狼莫战败逃走后被羌人雕何刺死。

雕何是被邓遵收买这才替他办事，狼莫被杀，羌人从此畏惧，陆续到邓遵营中投降，陇右得以平定。

羌人叛乱十多年来，汉朝调兵遣将，连年不绝，消耗大量财力，死伤的士兵不计其数。直到零昌、狼莫被除，羌人瓦解，局势才稳定下来。只是国库已经消耗殆尽，汉朝元气大伤。

到了元初七年（120年），皇子刘保被立为太子，改年号为永宁元年。刘保是后宫李氏所生，安帝本想立李氏为皇后，但貌美如花的阎姬入宫后，安帝就极其宠爱她，再加上阎氏与邓太后是亲戚，所以安帝就立阎氏为皇后。

阎皇后向来好妒，她视李氏如眼中钉，竟将李氏毒死，刘保侥幸活了下来。因为阎皇后五六年都没有生儿子，所以安帝只得立刘保为太子。

册立太子这天，群臣都入宫庆贺。忽然敦煌太守曹宗呈入奏章，

22. 邓太后归西

请求发兵攻打北匈奴,夺回西域。

邓太后立即召来群臣商议此事。大多数人都不愿再兴师动众了,但是班超的次子班勇却主张出兵。邓太后被他说动,于是再设西域副校尉,屯兵敦煌。

这时,朝中邓氏家族的势力是最大的,宫廷内外的人无不对他们曲意逢迎。唯有已故司徒袁安的儿子袁敞,为人刚正不阿,与邓氏子弟有些过节。

后来袁敞的儿子被人陷害,朝廷责怪袁敞教子无方,罢免了他的官职,袁敞气愤自杀。

朝中除了袁敞,还有一位廉洁正直的官员,他就是杨震。有人劝杨震为何不置办一些产业留给子孙,杨震严肃地回复道:"后世称颂我为清官,这就是我留给子孙最好的财富,这不比金钱好得多吗?"

安帝这时快到壮年了,邓太后依然不肯还政,朝中不少官员劝邓太后退居后宫,但太后根本不听,还给这些官员定罪。

永宁二年(121年),邓太后因病去世,安帝才得以亲政。

邓太后自亲政以来,国家动荡不安,岌岌(jí jí)可危,亏得她善用人才,为国事尽心尽力,这才转危为安。

不过邓太后长期临朝听政,不愿把政权还给皇帝,而且对邓氏一族太过偏袒,导致大家对她有些许争议。

安帝亲政后就有一班阿谀奉承的大臣上奏,请安帝追封自己亲生父母的尊号,安帝当然准奏。

常侍蔡伦之前奉窦太后的旨意逼迫宋贵人自尽,现在也被追责。蔡伦自知难免一死,服毒自杀了。

蔡伦是一个很有才学的人,在宫中做了不少精致的器械。他还有一项造福全人类的发明,就是造纸术,人们将他制造的纸张称为

蔡侯纸。

邓太后一死,朝中大臣见风使舵,中常侍江京、李闰等人崛起,他们取悦安帝,把持朝政。还有安帝的乳母王圣行事毫无顾忌,与江京等人狼狈为奸,想推翻邓氏家族,扩张自己的势力。

安帝成年之后,行为常常失德,邓太后对他多有不满。王圣担心安帝被废,就与江京、李闰等人时常劝谏安帝提防邓太后。

安帝还当他们是好人,将他们看作心腹,心里怨恨邓太后薄情寡义。邓太后驾崩以后,王圣等人又在安帝面前说邓氏的坏话,还诬陷邓氏兄弟企图立平原王为帝。

安帝不辨真假,听信这帮小人的话,将邓氏宗族全部贬为平民,遣送回籍。邓骘因没有参与谋逆,安帝迁封他为罗侯。此外,邓氏一族的家产田宅悉数被充公。

邓骘见家族被诬告,忧愤而死。他死后,一些邓氏族人也被迫自尽。

朝中大臣和百姓都为邓氏喊冤,安帝不得已下令将邓骘的遗体安葬在洛阳,邓氏的宗戚也都回到都中。

除去邓氏以后,安帝算是报了私仇,他改年号永宁为建光,大赦天下。

随后,安帝封江京、李闰为列侯,并提拔阎皇后的兄弟们。安帝的乳母王圣权势更大,她的女儿竟可以随意出入宫廷,与宫人结党营私,蒙蔽安帝。

司徒杨震见妇人干政,忍不住上疏劝谏,但安帝根本不加理会,对待王圣等人更加恩宠。就是边疆战事告急,安帝也依然沉溺于酒色,置之不理,将朝中政事交给外戚宦官及王圣处理。

安帝的嫡母当时正住在甘陵,王圣和她的女儿奉安帝的诏令到陵庙祭祀(sì),并且探望耿大贵人。车辆备齐之后,王圣母女就

22. 邓太后归西

出发了，宫中的大小宦官及卫兵多半随行前往。

王圣母女坐在车中，穿戴华丽，气势凌人。沿途经过郡县，所有当差的官员都出来迎接她们。等王圣母女到来，这些官员也不管是否合乎规矩，就向她们屈膝叩头，甚至连王侯都出来拜见。王圣母女不由得得意扬扬。

等王圣等人驱车过去，这些官员又取出许多钱财献给这对母女，就连随行的人也都有馈赠。

王圣母女奉命祭祀陵庙，却骄纵不法。朝中大臣上疏弹劾，安帝却不知醒悟，反而封乳母王圣为野王君，有志之人都为此扼腕叹息。

这时，北匈奴出了一个呼衍（yǎn）王，他召集残众，得到数万人，经常与车师一同劫掠河西。

敦煌太守张珰（dāng）上疏请示，安帝令班勇为西域长史，率

兵五百人屯兵柳中，相机行事。

班勇一行到了楼兰，接连招抚鄯善、龟兹、姑墨、温宿。随后调集各国兵马，凑集一万多人，一起攻打车师前庭。

班勇等人冲杀过去，没过多久就打得敌军大败而逃。班勇安抚好投降的士兵，仍让他们住在车师前庭，自己则返回柳中。

这一战过后，班勇打算暂时休养生息，筹备粮草，然后再攻打车师后王军就。

一年后，班勇的军队休整得差不多了，他调集敦煌、张掖、酒泉三郡的兵马以及鄯善、疏勒、车师前庭的士兵一万多人，一起攻打车师后王。

23. 王圣逼死杨震

班勇率领大军与车师后王军就对战,他的部下勇猛难挡,一阵交锋就把敌军杀得人仰马翻。

军就吓得惊慌失措,只得硬着头皮防守。偏偏汉军太过厉害,锐不可当,军就的部下不是逃跑就是被杀,霎时间庭中大乱。

突然,一支利箭射中军就的肩膀,他疼得晕了过去。等到苏醒时已经被五花大绑了,随后班勇一声令下,军就人头落地。

从此以后,车师前后庭又得以开通,西域各国都畏惧汉朝威势,陆续归附。

安帝收到班勇的捷报,又放宽心来,乐得逍遥自在,但对于班勇的功绩只字不提,一点封赏都没有。

当时朝中大臣都喜欢阿谀奉承,杨震是朝中难得廉洁正直的官员。不管是皇帝的宠臣还是皇亲国戚,他们求杨震办事,都遭到了拒绝。于是朝中不少人将杨震视为眼中钉。

杨震见安帝宠幸王圣等一群小人,忍无可忍,几次上疏劝谏,但安帝根本不听他的话。

王圣等人见状更加肆无忌惮,将宅院装修得十分豪华,就连樊丰等一班专权的阉(yān)党也敢捏造诏书,大肆建筑花园房屋,花费无数钱财。这群小人还时常在安帝面前诋毁杨震,安帝渐渐对

杨震生出怨恨之心。

延光三年（124年），安帝假借祭祀山川的名义，出都游玩，文武百官大都随行。太尉杨震及中常侍樊丰等人留在京城。

樊丰等人趁皇帝外出，行事越发明目张胆。有人将樊丰伪造诏书一事告知杨震。杨震大怒，但因安帝东巡未归，所以暂时没有揭发他们。

樊丰等人得知后，很是惊慌，他与同党商议一番后决定先发制人。

恰逢这时出现不吉利天象，樊丰等人正好拿此事做文章。安帝一回来，樊丰等人就秘密上奏，说是杨震心怀不轨，意图谋反，这才出现异象。

安帝起初并不相信，樊丰又接着说："杨震是邓氏提拔的人，邓氏已经灭亡，怪不得杨震有异心！"

安帝听后连连点头，连夜派人去杨震府中收取官印，罢免他的官职。杨震没想到这群阉党竟然占了先机，他后悔莫及，无奈将官印交出，此后闭门不出。

眼见杨震被罢官，这群阉党仍不满足，他们又怂恿杨震的仇敌耿宝弹劾杨震，安帝于是下诏命杨震还乡。

杨震奉命还乡，走到半路上，他对儿子和门生说道："人固有一死，不能寿终正寝也是正常的事情。如今我明知奸臣狡猾却不能铲除，还有什么脸面再见日月呢？"说完，杨震就服毒自杀了，时年七十多岁。

樊丰等人听闻杨震已死，还不肯罢休，竟然派人拦住杨震的丧车，不放他的棺材回乡下葬，又把他的儿子们派去充当苦役。路人知道杨震的冤情，都替他流泪。

野王君王圣与江京、樊丰等人除去杨震后，又想寻机作乱，他

23. 王圣逼死杨震

们勾结在一起准备秘密更换储君。

太子刘保当时已经十岁了，王圣等人先是除去刘保的乳母及亲信，然后与阎皇后串通一气在安帝面前诋毁太子。

安帝本就宠爱阎皇后，当然对她言听计从，加上王圣等人在一旁煽风点火，对太子那是横竖看都不顺眼。

不久，安帝就将太子贬为济阴王。朝中耿直的大臣们极力为太子辩白，请安帝收回成命，但安帝直接下诏书呵斥。大臣们见皇帝动怒，自然打起退堂鼓，只有太仆来历几天都不肯退回。安帝恼怒了，找了个借口罢免来历的官职，并废去他母亲武安公主的头衔，不准她入宫。

来历是已故征羌侯来歙的曾孙，他为人刚正不阿，平常拒绝与那些专权的阉党往来。群臣见来历这番下场，也无人敢替太子说话了。

杨太尉就兄夕阳亭

这一年,国内多次发生地震,很多地方又发大水、下冰雹。安帝对此不闻不问,还趁着风和日丽的日子与阎皇后等人一同出游,那阵仗气派极了!

半路上,安帝因身体不适中途折返回来,抵达叶县时却病入膏肓,无药可救了。不一会工夫,安帝就两眼上翻,命丧黄泉了。安帝在位共计十九年,死时年仅三十二岁。

安帝死得太突然了,没来得及留下遗言,阎皇后不禁大哭。阎显兄弟及樊丰等人连忙向阎皇后摆手,等阎皇后收住眼泪,连忙对她秘密说道:"皇上在中途驾崩,济阴王还在京师,要是大臣们拥立他当皇帝,那我们就死无葬身之地了!"

阎皇后一听觉得有理,于是众人商议决定秘不发丧,只是对外宣称安帝病重。

等到了京都,樊丰等人才宣布安帝驾崩,并且立即迎立济北王刘寿的儿子刘懿为王,尊阎皇后为皇太后,封阎显为车骑将军。

阎皇后之所以立刘懿为主,就是看他年纪小,自己好把持朝政大权。

济阴王刘保听闻皇上驾崩,前去哭丧,却被侍卫拦下。可怜刘保含冤莫白,有口难辩,他伤心得晕倒在地,几天都不吃不喝。内外官员见刘保小小年纪遭受这么大委屈,还能尽孝,都默默叹息,替他不平。

幼主继位后,阎皇后即日临朝,她的兄长阎显总揽朝政。

阎显暗地里忌恨大将军耿宝与王圣、樊丰等人,于是他秘密结交三公,想除掉他们。等到时机成熟以后,阎显与三公一起上奏弹劾王圣、樊丰等人结党营私。

阎太后于是立即下令捉拿王圣等人,并对他们严刑拷打。樊丰等人禁受不住相继死去,耿宝被贬后服毒自尽,王圣母女则被流放

23. 王圣逼死杨震

雁门。

过了几个月，幼主刘懿病重，而且病情越来越严重。

中常侍孙程想要出人头地，于是打算迎立济阴王。他与济阴王的手下商议趁幼主卧病在床时，将刘保迎入宫中，并除去阎显、江京。众人都愿意效劳。

当年十月二十七日，幼主刘懿去世。孙程立即联络了十八个人，在十一月三日夜里手拿兵器，闯入章台门，直登崇德殿。

内侍江京等人见孙程带人突然闯入，不知何故，只是大声呵斥。江京才刚说一句话就被孙程一刀杀死，剩下的几个内侍也都被杀。

24. 阉党乱政

孙程与济阴王的部众闯入宫中,杀死江京等人,然后挟持在宫中颇有声望的李闰,一起拥护济阴王刘保登上皇位。刘保这时十一岁,被称为顺帝。

阎显当时在禁宫,他听闻顺帝继位,吓得丢了魂。随后,他就命冯诗等人守住朔平门,调兵防御叛变。阎太后也许诺说:"抓到济阴王,就封万户侯;抓到李闰,就封千户侯。"

不料冯诗阳奉阴违,一出宫门就杀了同伴,扬长而去。

孙程听闻阎显的兄弟阎景调集兵马去了,立即传顺帝诏令让尚书郭镇带领羽林军前去抓捕阎景。

郭镇收到诏令后立即领兵而出,在南止车门与阎景迎头碰上。郭镇当场与阎景打斗起来,将他擒住送入狱中。当时阎景已经身受重伤,当天夜里就死了。

第二天一早,孙程就派人入宫向阎太后索要玉玺,阎太后无可奈何,只能将玉玺交出。

顺帝得了玉玺,便下令处死阎氏兄弟,并将阎太后迁到离宫居住。

顺帝能够登上皇位,宦官功劳最大,其中有十九个人被封侯,他们被称作十九侯。孙程因为功劳最大,封邑多达万户,阉人得志,

24. 阉党乱政

莫过于此。

这时，杨震的门人和朝中不少大臣上奏朝廷，请求为杨震洗刷冤屈，于是顺帝下诏加封杨震的儿子杨牧秉为郎官。

接着顺帝大赦天下，改年号为永建，随后顺帝带着群臣去看望了阎太后。

阎太后惭愧不已，加上母族衰亡，竟然一病不起。她常常梦见顺帝的亲生母亲李氏前来索命，更觉悔恨交加，病情很快恶化，不久后便去世了。

顺帝仍为阎太后发丧，将她与安帝合葬在恭陵，赐谥号安思皇后。

顺帝称帝后召前武都太守虞诩接任司隶校尉一职。虞诩刚上任几个月就弹劾太傅冯石等人依附权贵，朝廷立即下旨将他们罢免，群臣对此不免都感到心寒。虞诩又弹劾中常侍李闰等人私受贿赂，这几人虽没有遭到严惩，但已经对虞诩怀恨在心。

一段时间过后,朝中官员相继弹劾、诬陷虞诩,顺帝被人迷惑,竟将虞诩抓捕入狱。经孙程、张贤等人极力劝谏,顺帝这才释放虞诩,改任他为议郎。

孙程等十九侯,自恃功高,常常在大殿上互相争论,不守臣节,久而久之顺帝已经忍无可忍了。

当时,有大臣上奏说孙程等人乱政,他们留在京都必然成为大患。顺帝听后立马下诏将孙程等人罢官,剥夺了他们原来的封地,准备把他们迁到很远的地方。司徒掾周举听说后,就对司徒朱伥说:"当年要不是孙程等人谋划,陛下能够入承大统吗?现如今他们不过是犯了一些小错,陛下就忘了他们当年的功劳,一定会惹得后世的人讥笑。明公你不如趁他们还没起身,赶紧给陛下上表说说情,也许事情还有转圜的余地。"

朱伥沉吟了许久,说道:"陛下很生气,我却独独上表劝谏,肯定会招来谴责,这个事情行不通吧?"

周举又说道:"明公年过八十,身居高位,不想着为国家尽忠,难道还有别的想法吗?哪怕是因言获罪,也不失为忠臣。如果觉得我的话不足以采信,请允许我从此离开。"

朱伥这才依着周举的言论上了一道奏表,果然得到了顺帝的同意,让先前被贬谪的十九个人重新获得了原来的封地,不过他们依然不能留在京城,而是需要即刻前往封地。

再说当初西域长史班勇平定西域有功,安帝对他却没有任何封赏。到了顺帝永建二年(127年),朝廷责备班勇攻打焉耆延误战机,将他抓捕入狱。虽然后来又感念班勇战功显著,将他释放,可那时他已经被免官。班勇回到家中以后抑郁成疾,不久就去世了。

还有一件更令人叫屈的事情,那就是顺帝为了包庇姑母阴城公主,下令杀害了班超的孙子班始和他的同胞兄弟。

24. 阉党乱政

转眼间顺帝到了十八岁,该册立皇后了。当时后宫有四位贵人都深得顺帝宠爱,顺帝一时间难以抉择。后在大臣们的建议下,顺帝选择立梁氏女为皇后。

梁皇后是和帝生母梁贵人的侄孙女,名叫梁妠(nà)。梁妠出生时伴有异象,她从小喜欢读书,九岁就能背诵《论语》。

顺帝对梁皇后宠爱有加,所以加封梁皇后的兄弟梁冀为襄邑侯。后来,顺帝又封自己的乳母宋娥为山阳君。

尚书令左雄一再劝谏顺帝不要重蹈外戚乱国的覆辙,顺帝这才收回梁冀的封赏,但碍于情面没有撤回宋娥的封号。

突然洛阳令上奏说宣德亭附近平地无故裂开,宽约八十五丈,顺帝听闻后下令公卿举荐贤才入朝商议对策。被举荐的人中名士居多,像扶风人马融、南阳人张衡都在其中。

顺帝看完各位名士的策文,觉得南郑人李固写得最好,当即将

他列为第一名。受李固文章的影响,顺帝下令将乳母迁到宫外,并下诏斥责宦官干预朝政。那些宦官受到指责全都叩头谢罪。

马融此前担任校书郎中,后来因谏言被罢免,这次通过选拔重新入朝为官。张衡当时身为太史令,他精通天文阴阳历算,曾制作浑天仪、候风地动仪。张衡因不贪图名利,为官好多年才升迁至侍中。

梁皇后的兄长梁冀(jì)没什么学问,整日游手好闲,寻欢作乐,凭借家族势力升任河南尹。梁冀在任期间残暴不仁,做了许多违法的事情,他的父亲梁商与顺帝一直被他瞒骗。梁冀还经常与顺帝身边的一些宦官来往,甚至结为至交。

中常侍张逵(kuí)为人狡猾,善于揣摩圣意,因此得到顺帝的宠信。张逵见梁氏势力之大,心中愤愤不平,于是他联合山阳君宋娥及剩下的九侯,一起上奏诬陷梁商企图废黜皇上。

顺帝当然不肯相信,还斥责了张逵等人。张逵因妒生恨,干脆一不做二不休,他假传诏令将与梁冀结交的几个宦官抓捕入狱。

顺帝得知张逵等人的所作所为,大发雷霆,对他们严加惩罚。带头闹事的张逵被斩首示众,乳母宋娥被罢官遣回家乡,阉党十九侯中的黄龙等九侯也遣回封地,削去国土的四分之一。

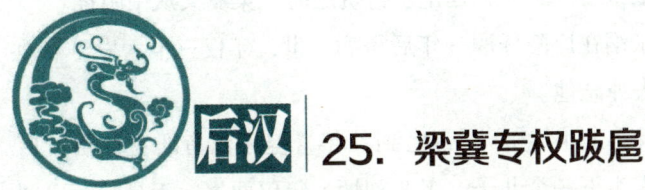

25. 梁冀专权跋扈

大将军梁商突然患病，医治无效，不久便去世了。顺帝下令赏赐了许多财物，还赐他谥号忠侯，又派兵士送葬。梁冀身为长子，得以承袭父亲的爵位，接任大将军。

偏偏梁冀贪婪（lán）骄横，与他的父亲大不相同，正人君子都看不惯梁冀的作为。

当时荆州一带盗贼四起，顺帝任命李固为荆州刺史。李固到了荆州很快就平定叛乱，将盗贼全部肃清。唯独南阳太守高赐等人向来贪赃枉法，担心被李固弹劾，就派心腹带着重金去贿赂梁冀。

梁冀爱财如命，当然来者不拒，随后就写信嘱咐李固从宽发落。不料李固根本不吃这一套，而且执法更严格了。高赐等人又向梁冀求助，梁冀竟然将李固贬为泰山太守。

光禄大夫张纲奉命出巡各州郡，宣示威德，举荐贤才，弹劾奸佞。他不顾利害关系，敢说别人不敢说的，上疏弹劾大将军梁冀与河南尹梁不疑的多条罪状，京城为之震动。

顺帝知道张纲忠诚正直，但碍于梁皇后的关系，没有降罪梁冀等人。但梁冀等人却对张纲怀恨在心，伺机报复他。

当时，广陵郡有个叫张婴的盗贼，作乱已久，十分猖獗。梁冀想借刀杀人，于是指使尚书推荐张纲出任广陵太守，平定盗贼。不料，

张纲成功收服张婴。到了朝廷论功行赏之时,梁冀又从中阻挠。

后来,张纲在广陵任职一年后得病去世,年仅三十六岁,当地不少百姓前去悼念他。

汉安三年(144年),顺帝已到壮年,但还没有册立储君。后宫只有虞美人生下一个儿子,名叫刘炳,年仅两岁,于是顺帝立刘炳为太子。

同年八月,顺帝患病卧床不起,几天后就驾崩了,年仅三十岁,在位十九年。群臣奉太子刘炳继位,尊梁皇后为皇太后。

但这两岁的幼主如何亲政呢?于是群臣按照前朝惯例,请梁太后临朝听政。

没过多久,幼主刘炳突然患上重病,一睡不醒,去世时才三岁,宫里顿时乱作一团。

然而顺帝只有刘炳一个儿子,如今只能另求旁支继承大统。于是朝廷征召清河王刘蒜及渤海王的儿子刘缵(zuǎn)入朝,有意从两人中选一人继承皇位。

刘蒜已经长大成人,而刘缵只有八岁。太尉李固从大局出发,推荐年长能够亲政的刘蒜为君主。

而梁冀不肯听从,他与梁太后秘密商议后,迎立刘缵为帝,历史上称为质帝,梁太后依旧临朝听政。

李固为人刚正不阿,朝臣都很信任他。梁冀生性猜忌,再加上宦官从中挑唆,他也乐得造谣生事诬陷李固,但因梁太后十分相信李固的为人,梁冀这才没有得逞。

第二年朝廷改年号为本初,下令各郡国举荐贤才到太学学习,学成之后可以留在朝廷做官。当时汉朝学风兴盛,国家也没有战事,正是振兴国家的好时机。偏偏这梁冀仗势横行,大逆不道,公然做出弑君的事情来。

25. 梁冀专权跋扈

原来质帝虽然年纪小,却十分聪明,常常在朝上指着梁冀说:"真是个跋扈将军呢!"

梁冀听了这话,恼火极了,心想这幼主现在就如此厉害,长大了还得了!不如早早除去,另立他人。

于是梁冀派人在质帝吃的饼里下毒。质帝吃完捧腹大叫,不一会就手足青黑,一命呜呼了!李固面奏梁太后,请求彻查此事,梁太后含糊答应。李固又想与梁冀商量,哪知梁冀转眼就不见踪影。

为防止梁冀另立幼主,李固与朝臣商议迎立清河王刘蒜。但梁冀并不同意,他想立蠡(lí)吾侯刘志为帝,而且梁太后正想把自己的妹妹嫁给刘志。这样一来,梁冀更加好永久专权了。天黑之后,梁冀吃完晚饭,正想着白天朝会上的事情。中常侍曹腾等忽然来见他,对梁冀说:"将军家里好几代人都入宫当了嫔妃,国家的事情都由梁氏做主,来往的宾客众多,这中间避免不了会出现一些过失。

清河王素来性子严明,要是他当了皇帝,恐怕将军就有祸事了。不如立刘志为帝,才能长保富贵啊!"

梁冀皱眉说:"我也是这么想的,但是公卿大臣都不同意,怎么办呢?"

曹腾又说:"将军权柄在手,令出必行,谁敢违抗命令呢?"

梁冀迅速起身,说道:"我,我已经下定决心了!"

第二天一早,梁冀就召集百官,提出立刘志为帝。梁冀怒目环视群臣,群臣一时也不敢反对。

李固等人据理力争,梁冀直接怒斥道:"今天到此为止!散会!散会!"说完就大摇大摆地离开了。

李固又上疏请奏,但梁冀根本不予理会。后来,梁冀请梁太后下诏将李固罢免,然后直接迎立刘志。刘志当晚便即位,史称桓帝,梁太后仍然临朝听政。

桓帝由梁冀所立,自然答应立梁太后的妹妹为皇后。这样一来,梁冀的势力更大了,朝中大臣都对他唯命是从,只有李固和杜乔不肯依附于他。梁冀对他们恨上加恨,找了一个借口将他们罢免。

李固与杜乔虽然相继被免职,但他们仍然住在都中,外戚和宦官都将他们视为心腹大患。

梁冀一直想除掉这两人,于是诬陷李固与杜乔等人勾结叛党意图谋反,并将李固抓捕入狱,想要屈打成招。但李固坚决不认罪。

后来,梁冀又假传诏令,处死了李固。朝中大臣都知道李固是被冤枉的,但他们为了保全身家性命与荣华富贵都选择袖手旁观。可怜为国尽忠的李固就这样死于非命,享年五十四岁。

李固死后,梁冀又将杜乔杀害,而且他还将李固与杜乔的尸首放在城北,说他们串通叛党,并下令来哭丧的人一并定罪。

李固的三个弟子不畏强权,在李固、杜乔的尸首前守了十二天。

25. 梁冀专权跋扈

梁太后听说后垂怜他们，下旨赦免，并让他们将李固与杜乔的尸体送回故乡安葬。

建和二三年，虽然朝中外戚专权，所幸国内外没发生什么大事，但是灾异时常发生。梁太后下诏自责，并赈济灾民。

第二年正月，梁太后身体不适，将政权交还给桓帝，大赦天下，改年号为和平。不久，梁太后病重去世，享年四十五岁。

梁太后一死，朝政大权回到桓帝手中，但实际上朝中大事还是由梁冀说了算。一些阿谀奉承的大臣谏言说梁冀的功劳能与周公相比，应该加封他的妻子儿女，于是梁冀的妻子孙寿被封为襄城君。

26. 梁氏被灭

元旦时,桓帝在大殿接受文武百官的朝贺,梁冀竟然带剑入朝,全然没有把皇帝放在眼里。

尚书张陵从一旁站了出来,大声呵斥梁冀,并让羽林军夺下梁冀的佩剑。梁冀被张陵的举动吓得一惊,连忙跪在殿前叩头谢罪。

张陵当场弹劾梁冀目无君上,应当治罪。桓帝不敢得罪梁冀,只是象征性地罚了他一年的俸禄。

张陵是梁冀的弟弟梁不疑举荐当官的,梁冀因为张陵弹劾自己,迁怒于梁不疑。梁不疑知道自己惹祸上身,于是让出官位,闭门谢客,不再参与朝政。

梁冀暗地里命百官举荐自己的儿子梁胤(yìn)为河南尹。梁胤年仅十六岁,相貌十分丑陋,都中人士见他毫无威严都笑话他,唯独桓帝对他特别宠信,给他很多封赏。

梁冀是当道的豺狼,桓帝却当他是奇才,给他特权,准许他入朝不拜,可以带剑上殿,另外给梁冀增加封地,还赐给他金帛、奴婢。奈何梁冀得到这么多的封赏还是不满足,一副闷闷不乐的模样。

当南匈奴联合乌桓、鲜卑入侵边境时,朝廷任命京兆尹陈龟为度辽将军,出镇北方。陈龟到任后,很快平定边境战乱,立有大功。梁冀却因与陈龟有过节,上奏诋毁他,桓帝听信梁冀的话将陈龟

26. 梁氏被灭

免职。

不久，朝廷又召陈龟为尚书。陈龟多次上奏弹劾梁冀，请求立即诛杀他，但桓帝不肯听从。陈龟自知自己得罪了梁冀难逃一死，于是绝食身亡。后来桓帝任命种暠为度辽将军。种暠赏罚分明，羌胡纷纷效命，边境归于安宁。

桓帝的皇后梁氏生活极其奢华，而且善妒，她因自己没有子嗣就设法残害其他妃嫔的孩子。桓帝不免恼怒，但因为畏惧梁氏一族，只能默默忍受。后来，梁皇后因病去世，桓帝的心情舒缓了许多。

梁氏一门前后七人封侯，三女被立为皇后，六女被封为贵人，家族人员大都身份显贵，梁氏在当时来说是极其尊贵了。

而梁冀更是独断专行，无论大小政务，都由他一人裁决，宫卫近侍都是梁家的走狗，百官对梁冀也是阿谀奉承。那些与梁冀作对或者弹劾他的人，全部被害死。

桓帝听闻梁冀滥杀无辜，常常叹息，再加上梁冀专横跋扈、藐视天子，桓帝也想找机会除掉他。

于是，桓帝召见中常侍单超、具瑗（yuàn）、唐衡等五人一起商议诛杀梁冀的计划。桓帝亲自咬破单超的手臂，歃血为盟。

单超轻声说道："陛下既然心意已决，就不要多说了，梁氏的耳目众多，万一事情败露，后果不堪设想啊！"说完，单超等人就退下了。

不久，就有人向梁冀告发了桓帝与单超等人密谋一事，但是商议的内容没有泄露。

梁冀开始提防单超等人，他立即派中黄门张恽进入宫内，以防发动事变。具瑗却命人将张恽逮捕，说他无故探视宫中，图谋不轨。

随后，桓帝来到前殿，召见尚书一同商议。然后派一千多名士兵，前去包围梁冀的住宅，又令人没收梁冀的军印，降梁冀为都乡侯。

梁冀惊慌失措，自知难逃一死，索性服毒自杀，他的妻子孙寿无路可逃也喝下毒药一同毙命。接着，桓帝下令，将梁氏和孙氏两族满门斩首。

朝中那些依附梁冀的大臣与宾客都被罢官，人数多达三百多人，朝堂一下就空了，可见梁冀的势力范围之广啊！

由于这次政变发生得太过突然，宫里宫外都为之沸腾了好几天才平静下来，百姓没有不拍手称快的。

桓帝下令没收梁冀的家产，共计三十多亿，这些钱财全部被充公。于是朝廷下令减免天下百姓一半的赋税，将梁冀的私人园林全部开放，让贫民在里面耕种。

这次能除掉梁氏一族，单超、具瑗等参与密谋的五人功劳最大，桓帝将加封他们为侯，人称五侯。

单超又请奏桓帝，称小黄门刘普、赵忠等人也除奸有功，应当

26. 梁氏被灭

封赏。于是桓帝又封刘普、赵忠等八人为乡侯。

桓帝正式得掌大权后,向天下征求名士,但一点诚意都没有,对方来与不来,由他自便,不过对旧部私亲,却毫不吝啬赏赐。尤其是单超、具瑗等五侯受到桓帝无比恩宠,他们也逐渐变得骄横起来。

白马令李云见桓帝宠信宦官,上奏陈说利害,言辞颇为激烈。桓帝看完奏折大怒,下令将李云逮捕入狱并且严加惩处,那些替李云求情的官员也一并受到处罚。

不久,桓帝又封中常侍单超为车骑将军。单超手握兵权,气焰更加嚣张。

单超的弟弟单匡(kuāng)担任济阴太守时贪赃枉法,被兖州刺史第五种得知。第五种随即上奏弹劾单匡。单超得知后,找了个借口将第五种迁徙到北方,想置他于死地,还好第五种被人在半路救下,这才逃过一死。

延熹二年(159年),单超病死了,桓帝下令让将军、侍御史护丧,葬礼极其隆重。

其余四侯也越来越骄横了,他们修建的宅院楼台都十分奢华壮丽,府里姬妾成群,这些姬妾穿金戴银,几乎与宫里的妃嫔没什么两样。

四侯权势滔天,由于不能生育,他们收养了很多义子,以便承袭爵位。四侯的亲戚也趁机巴结他们,好混个一官半职。

但是这班阉党的家属都是一些无德无能之辈,他们只知道作威作福,可怜那无辜的百姓枉受折磨,无从申冤。

27. 党锢之祸

司空刘宠与首辅刘矩都是东汉时期的名臣,还有司徒种暠(hào)也很有名气,这三人齐心辅政,阉党才收敛一些。

当时泰山太守皇甫规平定羌人叛乱立有大功,理应受到封赏,谁知朝中阉党记恨皇甫规没有给他们送礼,上疏弹劾他贿赂羌人。桓帝十分糊涂,听信阉党的鬼话,下诏责备皇甫规。

阉党又趁机虚构罪名诬陷皇甫规,幸亏三公从中解救,加上太学生们为他鸣冤,他才被赦免,罢官回家。

前冀州刺史朱穆升任尚书后,目睹宦官的骄横,他不愿沉默,极力上疏劝谏,但桓帝就是不为所动。这群宦官痛恨朱穆,屡次在桓帝面前诋毁他。朱穆悲愤交加,不久病重去世,享年六十四岁。

前太尉黄琼在家里住了两年以后,病得越来越严重了,他因为自己没能除掉阉党感到非常遗憾,为此写下千字遗书,派人送入宫中。

可桓帝就是执迷不悟,将这班阉党当作再造恩人,无论他们怎么作恶,仍不忍心驱逐他们,致使朝廷的很多忠臣含恨而终。

因为五侯犯事太多,朝廷大臣不断上奏弹劾他们。左悺(guàn)被弹劾后服毒自杀;具瑗因兄长贪赃枉法受到牵连被贬官,死在家中;当时单超、唐衡、徐璜(yǎn)也早就去世了,这就是五侯的结局。

27. 党锢之祸

司隶校尉李膺（yīng）刚正不阿，执法严峻。宦官张让的弟弟张朔做官时残忍无道，甚至给孕妇用刑，李膺知道后立即带人抓捕了张朔，将他斩首。

张让得知弟弟被李膺杀害，愤怒极了，立马向桓帝告状。桓帝召见李膺，责问他为何先斩后奏，李膺毫不畏怯，据理力争。桓帝对张让说："是你弟弟犯了死罪，不能怪司隶啊！"于是让李膺退下了。

正是因为朝中有李膺这样铁面无私的官员，黄门和常侍都不敢轻举妄动了。

太尉陈蕃引荐王畅为尚书，出任河南太守。王畅公正廉明，执法如山，与李膺齐名。王畅、李膺、陈蕃三人也成为太学生们心中钦慕的对象，有了他们当榜样，学生自然知道忠奸善恶的区别了。

于是君子与君子结为一党，小人与小人结为一党。小人只知道作恶，但是党派之间很是团结；君子与君子之间有时因为学说或者政见上的分歧，争论不休，互生嫌隙，又从一党中分出两党。两党互相排斥，僵持不下。

小人在一旁讥笑并乘虚而入，将"党人"二字加到君子身上。昏君听信小人言，以为他们结党营私，将他们大肆抓捕，闹得一塌糊涂，这就是党祸。

东汉党祸的起源还要从桓帝求学时说起。当时桓帝还是蠡吾侯，曾跟随一位叫周福的老师学习，后来桓帝继位后就封他为尚书。

当时还有一位叫房植的人也很有名气，两人各有拥护者，双方互相贬低，水火不容，党人的名号就是从周、房两家出来的。

不久又有一桩案件发生。河内术士张成料到朝廷即将大赦天下，于是纵容儿子去杀人，司隶校尉李膺得知后立即下令抓捕了张成的儿子。

不料第二天朝廷果然下诏大赦,张成的儿子也得以逃过一劫。但是李膺认为杀人偿命,不肯饶恕他,直接处死张成的儿子。

张成与朝廷宦官交好,于是请宦官为自己报仇。宦官上疏诬陷李膺与太学学生结党营私,诽谤朝廷,败坏风俗。

桓帝信以为真,下旨逮捕党人。太尉陈蕃一看这些党人的名字,便眉头紧皱,说道:"现在要逮捕的党人,都是那些忧国忧民的忠义之士啊!他们本无罪,为何要无端抓捕呢?"

桓帝见陈蕃不同意抓捕党人,气愤至极,索性将李膺罢官,打入大牢。太仆杜密、御史中丞陈翔等二百多人都受到牵连,陆续入狱。

当时被捕的大多是天下名士,度辽将军皇甫规还因为自己没有被捕感到耻辱,向桓帝上奏说:"臣也是太学生的党羽,请抓捕臣入狱,与党人一同受罚!"桓帝看了他的奏折,并没有理会。

27. 党锢之祸

太尉陈蕃见大量名士被捕,心急如焚,他多次上疏劝谏桓帝。

桓帝信任宵小之辈,决定除掉党人,他看了陈蕃的奏书不禁怀疑他就是党人首领,于是将陈蕃罢免。

大臣们见陈蕃都被罢免,也不敢上疏劝谏了。大概过了一年,党人还没有被赦免,窦皇后的父亲窦武同情名士,上疏替党人求情,并自愿罢官。桓帝没有同意。

不久,尚书霍谞(xū)又上表请奏释放党人。桓帝这次稍有悔悟,于是命中常侍王甫重新审问。

王甫听了党人的辩白也为之动容,于是据实回报桓帝。李膺等人又说不少宦官子弟也是他们的同党,宦官不禁惶恐,也向桓帝谏言请求释放党人。

桓帝终于将狱中二百多人全部释放,接着下诏改年号为永康。

这年夏天,京师及上党的地面裂开,到了秋天,东方又发生水灾。但是各地方官员却收到中官嘱咐,上奏称有祥瑞降临。

鲜卑和乌桓再次背叛汉朝,朝廷任命张奂为中郎将,领兵前去征讨。乌桓向来听说过张奂的威名,不战而降;鲜卑虽然引兵退去,但仍觊觎汉朝边境。

朝廷为了拉拢鲜卑,派使臣前去册封鲜卑大酋长檀石槐,打算与鲜卑和亲。但檀石槐不同意,他把鲜卑的属地分为东、西、北三部,各设置酋长管辖,时常发兵掠夺幽、并、凉三州。

28. 阉党害忠良

话说桓帝贪恋酒色，宠幸小人，心里想着及时行乐最重要，所以西北一带有敌寇出没，他也不放在心上。

不料，桓帝纵欲过度，疾病缠身，没过多久就去世了，年仅三十六岁。桓帝在位期间二十一年，改元多达七次，这在东汉时期是绝无仅有的，而且三次册立皇后，后宫佳丽众多，却没有一个儿子。

窦皇后惊慌失措，急忙召见父亲窦武入朝商议立谁为主。最终，众人决定立刘宏为帝，刘宏是河间王刘开的曾孙，年仅十二岁。窦皇后很满意这个决定，她可以按照前例临朝听政。

接着，刘宏继位，历史上称他为灵帝。窦皇后早已尊自己为皇太后，而且她不等桓帝下葬便将桓帝的宠妃田圣等人一并处死，以泄私愤。窦皇后的父亲窦武则被封为大将军。

没过多久，窦皇后又封自己的父亲及兄弟为侯，窦氏一门有四人被封侯。太傅陈蕃也被封侯，他与大将军窦武同心辅政，二人志在除去奸佞（nìng）小人，窦太后放心地将政事委托给他们处理。

灵帝的乳母赵娆跟随灵帝入宫，此人善于察言观色，她平日服侍窦太后，深得太后欢心。

还有一班女尚书和中常侍曹节、王甫等人也被赵娆笼络，他们串通一气，结党营私，窦太后还将他们视为好人，多次答应他们的

28. 阉党害忠良

请求，加封起用了不少人。

窦武与陈蕃见太后私自做决定也不便反驳，但心中懊恼得很。他们二人劝谏窦太后应该将干预政事的宦官全部除去，窦太后却只是处置了几个小宦官。

经此一事，那一班油头粉面的妖女及口蜜腹剑的宦官决心与陈蕃、窦武势不两立了！

灵帝元年(168年)八月，天空出现异象，侍中刘瑜认为将会有难，便写信给窦武与陈蕃，希望他们趁早除去宫中的奸人。窦武自信满满，总以为曹节、王甫等人有权无势，并没有防备。

没想到曹节等人打算先下手为强，暗自谋划诛杀窦武、陈蕃。王甫等人先来到长乐宫，逼迫窦太后交出玉玺。窦太后当时还未起床，玉玺已经被人取出，献给王甫。

接着，曹节假传圣旨，派兵讨伐窦武和陈蕃。陈蕃首先被抓住，他本就年老也没什么武力，只能束手被擒。

那些黄门从官见陈蕃被捕，对他拳打脚踢，还大声呵斥说："你个老不死！还敢打压排挤我们吗？"

陈蕃怎肯忍气吞声，自然反唇相讥，终于惹怒这班狐群狗党，他们报告曹节、王甫，并要来一份伪诏将陈蕃害死。

当时已经天亮，王甫等人率兵千余人与窦武的人马对峙，他命人当众大声斥责窦武造反，声称自己是奉灵帝的命令来捉拿窦武的。

窦武的部下见王甫手中拿着符节，开始动摇起来，不一会就纷纷投降。窦武只好带着一百多名骑兵逃走了。王甫领兵追击，很快就将窦武的人马包围。窦武自知走投无路，拔剑自杀了。

接着，王甫将窦武的亲信全部除掉，之前由窦武、陈蕃举荐的官员也被罢免，甚至两家的门生无一逃脱，都被禁锢起来。

窦武与陈蕃的后人被他们的挚友收养，并且隐姓埋名，才逃过

一劫。这也算是天佑忠良,不让他们绝后啊!

曹节、王甫等人害尽忠良,得意扬扬,他们现在可以更好地掌控灵帝了。这一年虽然内政混乱,但是外事还算顺心,边境连连传来捷报说是东西羌全部被平定。

李膺、杜密等人自从陈蕃、窦武死后,也受到牵连,全部被监禁,但这些名士的声望还在,阉党仍将他们视为仇敌。后来,他们向灵帝进谗言,诬陷党人意图谋反。灵帝当时才十四岁,他问曹节:"什么叫作钩党?"

曹节回答说:"就是私自勾结的党人!"

灵帝又问:"党人犯了什么罪要杀他们呢?"

曹节回答说:"他们要危害江山社稷!"

就这样,灵帝被曹节等人欺骗,下令逮捕党人,李膺、杜密、翟超等名士都被下狱处死。

28. 阉党害忠良

更可恨的是阉党趁机滥杀无辜，那些平常与他们有过节的人也被列入党人名列，不是被禁锢就是被杀。还有那些与他们无冤无仇、但很有名望的人也被指为党人，一网打尽，造成百余人冤死。

阉党还令州郡官吏捕风捉影，辗转牵连被逮捕、杀死、流放、囚禁的士人达到六七百人。

宦官侯览的对头张俭一直在逃亡，侯览下令郡国官吏必须将他捉拿归案，如果有帮助张俭躲藏的与张俭同罪。但每户人家即使知道收留张俭会惹来大祸也愿意帮助他。

鲁人孔褒（bāo）是张俭的挚友，张俭辗转来到孔褒家门前想投奔他，不料孔褒有事不在家。后来孔褒的弟弟孔融留张俭在家里住宿，几天后才离去。

不久，朝廷官员来到孔融家中搜捕，见张俭已经逃走就将孔氏兄弟抓进大牢。当官员向孔氏兄弟问罪时，这两人都争着认罪。

朝廷官员犹豫不决，于是传讯孔氏兄弟的母亲。孔母回答说："我丈夫已经去世，现在我是这个家的一家之主，家事都归家长承担，我甘心认罪！"

官员见他们抢着认罪，一时无法定夺，只好将此事汇报朝廷。随后，朝廷下令让孔褒领罪，释放他的母亲和孔融，孔融也因此出名。

孔融是孔子的二十世子孙，他的父亲曾任泰山都尉。孔融从小就与众不同，他四岁时与兄弟们分梨子吃就懂得舍大取小，家人都称他为奇童。

张俭最终逃到塞外，逃过一死，只是连累了一众亲友。有人听闻张俭的事情，不禁感叹道："自己作孽却祸及万家，还要怎么活下去呢？"

过了两年以后，灵帝行成人大礼，颁诏大赦天下，只有党人不被赦免。

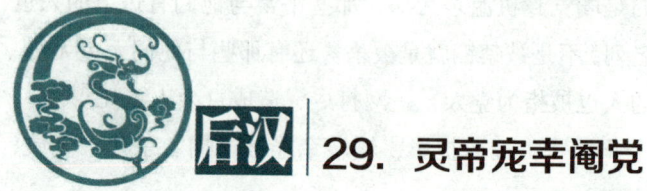

29. 灵帝宠幸阉党

窦氏家族衰败以后,窦太后也被迁居到南宫,她整日郁郁寡欢,愁容满面,终于在熹平元年(172年)六月病逝。

灵帝被王甫等阉党蒙骗,白白冤杀了不少人。宫廷内外,曹节、王甫的权势最大,他们的宗族子弟大都被封了官。

熹平二年(173年)春季,国内发生瘟疫,病死不少百姓,夏季时又发生地震,海水泛滥。灵帝不知反省,将责任全推给官员,朝中不少大臣被罢免。

会稽人许生聚众造反,朝廷派兵前去讨伐,一直不能平息。后来吴郡的司马孙坚带兵平叛,东南一带才安定下来。

但经过两年的战乱,百姓流离失所,当地已是十室九空。灵帝依然宠信宦官,任由他们横行霸道,从不管民间疾苦,那些直言劝谏的官员被他打入大牢。

议郎蔡邕(yōng)见状写了千字的奏折劝谏灵帝听取忠臣的劝谏,远离小人,但灵帝就是充耳不闻。

灵帝向来只宠信身边的宦官,不重用内外群臣,朝中重要的岗位也是时常更换官员,如司徒、司空等官职,一年改换数人,任期多则数月,少则几十天。

后来,都中又发生不少灾异现象,百姓对此议论纷纷。灵帝召

29. 灵帝宠幸阉党

集众臣到崇德殿，让曹节、王甫两人询问他们消除灾异的方法。

蔡邕等人趁此机会直揭社会弊病，弹劾阉党。不料阉党先发制人，诬陷蔡邕公报私仇。灵帝糊涂极了，他轻信阉党的话将蔡邕打入大牢。

幸亏蔡邕命不该绝，来了一个大救星，救了他一命。这人就是中常侍吕强，他得知蔡邕被冤枉后，挺身而出，到灵帝面前磕头为蔡邕诉冤。灵帝这才免去蔡邕的死罪，改为流放北方。

此时，宫中又起风波，灵帝和宋皇后被人离间。好好一位宋皇后，并没犯下什么过错，竟然被阉党王甫迫害，导致身死家灭。

宋皇后冤死之后，王甫等人的气焰更加嚣张了。

灵帝整日吃喝玩乐，花费巨大，国库里的钱渐渐不够用了，他却埋怨桓帝不会当家，还想出一个馊主意，那就是在西园开了一个铺子售卖官职和爵位。

这些官位都是明码标价的，而且还能赊账。诏令一下，很快引起骚动。只要有钱就能做官，一班獐头鼠目的人乐得明目张胆地集资买官，将来再来压榨百姓。

西园里一时间人来人往，成功的交易一笔接着一笔。灵帝见每天有成千上万的收入，十分欢喜。灵帝还专门问侍中杨奇："朕与桓帝相比怎么样？"

这位杨奇便是杨震的后代，杨震当年是有名的贤臣，身处密室也不接受其他人的贿赂，他这个后代也颇有杨震的遗风，随即答道："陛下与桓帝，就好像虞舜与唐尧。"

灵帝听了，知道杨奇在讽刺他，因为虞舜和唐尧是差不多的，所以杨奇的意思是说灵帝和桓帝也差不多，于是灵帝有些生气地说："你可真会说，不愧是杨震的子孙，等你死了，必然也会有大鸟来吊孝。"

传说杨震蒙冤而死，死的时候有一只大鸟落在杨震的灵柩前，不断悲鸣，眼泪把地面都打湿了。等杨震的灵柩安顿好了，它才飞走。

灵帝的生母董太后嗜钱如命，她听闻灵帝有这样的好买卖，也想分一杯羹，于是让灵帝将生意做大，连三公九卿这样的官位也公开售卖。

灵帝遵从太后的教诲，但也有所顾忌，于是让左右私下交易。大概过了几个月，国库充盈，永乐宫里也堆满了钱，灵帝与董太后都乐开了花。

天下之事往往出人意料，嚣张跋扈的王甫被司隶校尉阳球查出种种罪状，最终遭到诛杀，朝中忠义之士都暗自称快。奈何好景不长，阳球等人被阉党忌恨，遭到他们的诬陷，最终冤死狱中。

话说宋皇后被废已经过去两年，六宫一直没有册立新主，内外

29. 灵帝宠幸阉党

大臣见状一再乞求灵帝册立皇后。

灵帝思索一番后册立贵人何氏为皇后。何氏出身卑微，但生得一副倾国倾城之貌，灵帝素来好色，瞧见这样的美人儿，哪有不喜欢的道理？

何氏入宫以后就很受宠，不久生下一个男孩，取名刘辩。灵帝因此对何氏更宠爱了，她的家人都被封官。

何皇后生性猜忌，她当了皇后之后，担心被人夺宠，所以时刻提防其他的妃嫔。

当时后宫还有一位王美人，她的姿色与何皇后相当，但是才华更胜一筹，灵帝对她也十分宠爱。后来王氏也怀孕了，何皇后知道后，暗地里想方设法陷害王氏。

王美人为了保全自己的性命，竟然偷偷服下堕胎药，哪知药效不灵，胎儿安然无恙。王美人暗想：莫非是上天让我生下贵子，不能堕胎？在这之后，王美人就安安心心地等待孩子出生。

好不容易过了十个月，王美人生下一个皇子，灵帝十分高兴，给他取名刘协。

何皇后见王美人诞下皇子，很是妒忌，竟然派人毒死了王美人。灵帝听闻噩耗前去探视，发现王美人死于中毒，不禁潸（shān）然泪下！经过一番调查，灵帝得知幕后黑手就是何皇后，大发雷霆，并打算废掉何皇后。

何皇后又惊又怕，急忙贿赂曹节、张让等人，让他们代为周旋。果然钱可通神，经过曹节等人的一番劝说，灵帝最终没有废掉何氏。

只是从这以后灵帝对何皇后起了戒心，他将王美人的儿子刘协寄养在永乐宫，请董太后悉心照看，刘协这才安然无恙，免遭暗算。

灵帝不但好色，还喜欢巡游，他命人在洛阳宣平门外修建了两座大花园，园中的布置非常奢华，灵帝平日里喜欢带着众多宫女在

这里游玩。

灵帝只顾享乐不理朝政,三公也都是阉人的党羽,朝政一片混乱。朝中大臣直言进谏,灵帝也不愿听从。

当时,国内经常发生一些灾异现象,比如日食、河流决堤、山川崩塌,最奇怪的是一位洛阳女子,生下一个两头四臂、似人非人的孩子。因为这种种的异象,引出无数妖人出来作乱。

30. 黄巾起义

巨鹿郡有张氏三兄弟，老大叫张角，老二叫张宝，老三叫张梁。张角读书不行，喜欢研究旁门左道，他自称大贤良师，开坛论道，诱惑愚民。

当时国内发生瘟疫，很多百姓患病，张角收罗了几个医药古方，照法煎成药水，等有人上门求药，就画符念咒为人治病，一些人饮下药水果真康复了。百姓一传十，十传百，都奉张角为神仙，每天来找他看病的多则百人，少则数十人。

随后，张角自称太平道人，他派门徒四处游历宣传教义。大概过了十多年，青州、徐州、幽州等八州地区的百姓无人不知张大贤良师的名号，他们争先恐后地来投奔张角，十年间里张角的门徒增至数十万名。

朝中有的大臣察觉出张角势力增长的威胁，上疏劝谏灵帝对太平教进行打压，但灵帝没有把这件事放在心上。

张角把全国的信徒按照地区分为三十六方，大方有万余人，小方有六七千人，各方的首领称为渠帅，由张角统一指挥。

后来，张角提出了"苍天已死，黄天当立，岁在甲子，天下大吉"的口号，并与大方贼帅马元义约定一同起义。

可就在起义前的一个月，太平道的一个信徒向官府告发了起义

之事,朝廷立即秘密抓捕了马元义并将他处死。

接着,朝廷大力抓捕太平道信徒,总共诛杀了千余人,并且下令追捕张角兄弟。

张角得知计划败露,只好提前起义,他自称天公将军,封张宝为地公将军、张梁为人公将军,下令所有门徒头上包裹黄巾作为标记,当时的人们称他们为"黄巾贼"。

各地黄巾军响应张角的号召,火烧官府,抢夺州郡,一时间四处烽火连天,京都震动。

灵帝收到警报不禁焦急起来,他封何皇后的兄长何进为大将军,让他带兵镇压黄巾军。偏偏贼军声势浩大,官兵根本不敢与之争锋,警报接连传回朝廷。

灵帝只好召集群臣一同商议讨贼的方法。北地太守皇甫嵩(sōng)劝谏灵帝赦免党人,并拿出国库的钱财赐给将士,鼓舞军心。

30. 黄巾起义

灵帝为了大局考虑，最终同意了皇甫嵩的提议，接着便调集各路人马前去讨伐黄巾贼。

不过，汉军出师不利，几路大军都被黄巾贼击败。

当时，皇甫嵩带领数千人驻守长社，城下几万黄巾军准备攻城，汉军见敌军人多势众，顿时吓得惊慌失措。

皇甫嵩鼓舞士兵说："战事都是瞬息万变的，兵不在多与少，如今贼众用草做营帐，我们正好用计灭了他们！"当晚皇甫嵩就下令士兵点燃火把朝着敌军营中扔去。

碰巧刮起大风，敌军大营瞬间大火冲天，汉军趁混乱之际斩杀无数贼军。转眼天亮了，又有一支部队杀到，截住敌军的去路。为首的将领细目长须，仪表不凡，这人正是骑都尉曹操，他特奉朝廷之命，来追杀贼人。

曹操本姓夏侯，他的父亲曹嵩是中常侍曹腾的养子，所以改姓曹。曹操小时候就机敏过人，喜欢游猎。他的叔父认为曹操不务正业，常常向曹操父亲告状，曹操于是对叔父怀恨在心。

一天，曹操与叔父相遇后立马假装中风倒地，叔父见状就去告诉曹操的父亲曹嵩。可当曹嵩来探视曹操时，他却已经如正常人一般站立起来了。

曹嵩询问道："刚才你叔父说你中风了，你现在怎么好好的啊？"

曹操回答道："我并没有中风，想来是叔父恨我，所以才这样说！"曹嵩信以为真，从此就不再听信曹操叔父的话了。

乡里人见曹操整日斗鸡打猎，游手好闲，都很瞧不起他，只有梁人桥玄、南阳人何颙（yóng）与众人不同，视曹操为奇才，还对曹操说："天下将要大乱，将来平定天下，就靠你了！"曹操听后更加自负了。

许劭是当时著名的人物评论家，他曾评价曹操是"治世能臣，

乱世奸雄"。曹操听了不仅不生气,还高兴地称许劭是他的知己。

曹操二十岁的时候做了郎官,后来调任洛阳北部尉。他任职期间执法十分严厉。当时有一位非常受灵帝宠信的宦官犯了禁令,曹操二话不说将他活活打死。从此以后,那些豪门贵戚收敛了不少,曹操的名声也因此传开。

黄巾军起义之后,朝廷封曹操为骑都尉,让他率兵数千人协助皇甫嵩讨伐叛军。

曹操领兵到达长社时,正遇上叛军落荒而逃。曹操引兵追击,斩杀不少逃兵,夺得不计其数的马匹。后来,皇甫嵩、朱儁也领兵赶到,三路人马合攻叛军。叛军抵挡不住,死伤数万人,颍川被平定。

这一战汉军大胜,将士们士气高涨,皇甫嵩上表告捷,朝廷封他为都乡侯。

接着,皇甫嵩又与曹操等人继续讨伐叛军,汉军此时士气正盛,接连平定阳翟、西华等地的叛军。

皇甫嵩上报朝廷将首功让给朱儁,并说曹操也杀贼有功。朝廷加封朱儁为西乡侯,升曹操为济南相。

当时北中郎将卢植率兵接连击败张角,斩杀数万人,还将张角围困在广宗城中。谁知小黄门左丰因向卢植索要贿赂不成,在灵帝面前诋毁他。灵帝大怒,派人将卢植抓起来,另派河东太守董卓顶替他的职位。

说起董卓,他是陇西郡临洮县人,性格粗犷豪放,体力过人,平时带着两个弓袋,能左右开弓射击。

陇西一带,羌人和胡人杂居,董卓喜欢结交一些豪爽的羌人头目,羌人见董卓力大无穷,对他十分畏服。

桓帝末年时,董卓曾跟着张奂一起讨伐羌人,因立下战功被升了官。朝廷赐给他许多财物,董卓对将士们说道:"我能立功,全

30. 黄巾起义

靠大家。"随后就将财物分给众将士，毫不吝啬。

卢植被罢官后，董卓接替指挥将士攻打张角，但军中士兵因卢植被抓很是不服，再加上董卓颐指气使，更加不满，众人都不愿效忠董卓。

这时张角突然出兵来攻，董卓率兵迎战，但因士兵不肯效命，无奈引兵退回。后来张角率兵追击，董卓军大败。

董卓自知敌不过叛军，只好向朝廷求援。灵帝大怒，下旨谴责董卓并将他罢免，又特派皇甫嵩讨伐张角。

后汉 | 31. 桃园结义

皇甫嵩接到朝廷诏令，立马移兵攻打张角。此时，张角卧病在床，他派弟弟张梁出城迎战。

张梁的军队与皇甫嵩的军队实力相当，双方交战数次也没有分出胜负。皇甫嵩只好暂时鸣金收兵，退到十里外安营扎寨。

第二天探子回报说黄巾军人心惶惶，好像有大事发生，皇甫嵩再令探子仔细打听，这才得知张角已死。

皇甫嵩喜出望外，趁势率兵出击。双方激战一番，贼军大败，张梁被汉军杀害。皇甫嵩见张梁已死，立即率兵攻城，贼军夺门而出，被汉军杀得落花流水。

随后，皇甫嵩砍下张角的头颅送回京师。此时，张氏三兄弟还剩张宝一人，皇甫嵩随即与巨鹿太守郭典一同攻打张宝。汉军接连得胜，张宝被斩首，其余的叛军也都投降汉军。

至此，张氏三兄弟被灭，首功归于皇甫嵩。灵帝论功行赏，封皇甫嵩为槐里侯，领冀州牧。皇甫嵩请求朝廷减免冀州一年的田租，暂时缓解百姓的困苦。朝廷听从了他的建议，百姓对皇甫嵩感恩戴德，还作歌称赞他。

当时中郎将朱儁（jùn）也奉命讨贼，经过与叛军的斗智斗勇，斩杀叛军一万多人，平定宛城。朱儁上奏报捷，灵帝封他为右车骑将军。

31. 桃园结义

等到朱儁班师回朝，灵帝又封他为光禄大夫，朝廷内外交相庆贺。灵帝因为叛军被灭十分高兴，下诏大赦天下，卢植也因此恢复自由重新入朝为官。

卢植有一个同郡的弟子，乘乱起兵，讨伐黄巾军余孽立了一些功劳，后被人举荐做了安喜县尉。这人是谁呢？他就是汉景帝之子中山靖王刘胜的后裔刘备，字玄德。

刘备的父亲刘弘很早就去世了，刘备从小跟母亲过着贫苦的生活，他们靠卖鞋织席谋生。刘备家旁边有一棵大桑树，枝繁叶茂，从远处看就好像车盖一样，来往的人都感到惊奇，村里有个看相先生说这家必出贵人。

刘备小时候和村里的伙伴在树下玩耍，他指着桑树说："我将来一定要乘坐这样大的用漂亮羽毛编织起来的棚盖车。"

十五岁的时候，刘备拜卢植为师；二十多岁的时候刘备已经长成年轻力壮的小伙子，他喜欢狗和马，又爱好音乐。

刘备待人宽厚和平，喜怒不形于色，不少豪侠少年都喜欢与他交朋友，刘备也很喜欢与大家结交。

当时有两个壮士慕名来投奔刘备，一个叫关羽，另一个叫张飞。刘备非常高兴，与他们结为生死之交。

关羽是河东解县人，此人面色赤红，丹凤眼、卧蚕眉，留着长长的胡须，一副威风凛凛的样子。关羽因杀死本县的土豪逃命到涿郡，与刘备相遇，两人相谈甚欢，成为挚友。

张飞世代居住在涿郡，他平时喜欢喝酒，性格豪放，不喜欢与人结交。唯独见了刘备和关羽，与他们意气相投，一拍即合。

相传三人曾在桃园结义，发誓结为异姓兄弟，不求同日生，只愿同日死。刘备因为年纪最大被称为大哥，关羽为二哥，张飞年纪最小是三弟。兄弟三人从此同吃同住，走到哪里都形影不离。

刘备听闻黄巾军起义,也想起兵讨贼为国效力,但是苦于没有粮草和马匹,只能无奈叹息。正在他发愁之时,两个中山的贩马大商人得知情况,好心资助他钱财和马匹。

刘备乐得接受他们的资助,立即招募勇士,铸造兵器。他给自己做了一把双股剑,给关羽打了一把青龙偃月刀,给张飞做了一根丈八蛇矛。

兄弟三人拿着兵器,穿上盔甲,领着众人前去投奔校尉邹(zōu)靖。邹靖见这三人气宇轩昂,不禁肃然起敬,将他们留在自己麾下。

黄巾军入境时,邹靖带着三人一同御敌,立即将黄巾贼驱逐出境。邹靖上表朝廷报捷,为刘备请功,朝廷因刘备是平民,只给他封了一个芝麻小官。

几个月之后,朝廷突然颁下诏书,说凡是因军功授官的,一律淘汰。刘备心想自己本就是个小县尉,职位低俸禄少,去留无所谓,

31. 桃园结义

于是静候上面的命令。

过了几天,朝廷派了一个督邮来查访。谁知这督邮狂妄自大,只见县令,不许县尉进入,刘备求见两次都被拒之门外。

关羽和张飞见刘备两次跑空,不禁恼怒起来。张飞性子烈如火,他找了个机会就冲到驿(yì)馆,找督邮算账去了。

刘备不见张飞的身影,料到他去闯祸了,立马喊上关羽飞奔至驿馆。只见张飞抓住督邮,正边打边骂。

刘备立即大声呵斥,督邮此时已经被打得神志不清了,听见刘备一声大喝这才回过神来。这位督邮好不容易缓过劲来,一看刘备来了,顿时又摆起架子,斥责刘备,"这个家伙是你派遣来的吗?"

刘备还没说话,督邮又恨恨地说道:"我是奉命来驱逐你们的,你们目无尊长,还派人来打我!该当何罪?"

这几句话说得刘备也生起气来,接着督邮的话说道:"我也是奉命来抓你的!"

张飞一听刘备说这话,顿时胆子又壮起来,抓着督邮拖到马桩旁边,绑在马桩上,拿着柳条当鞭子,抽了督邮一两百下。刘备这才上前阻止张飞,张飞大声嚷嚷着:"大哥功劳这么大!却只给这么一个小小的官做!今天不做这个官也罢!等完杀死这个家伙,也算是为百姓除去一个污吏!"说完,竟然抽出佩刀,准备杀了督邮。

督邮一看这架势,吓得瑟瑟发抖,赶紧改口哀求着:"玄德公恕我无知,饶了我的性命吧!"

刘备也不生气了,笑着说:"早知如此,何必当初。你要是好好说话,我们还能好好伺候着你,也不至于打你一顿。"

刘备不愿与他继续纠缠,随即取下官印,系在督邮的脖子上,说道:"麻烦你交还官印,我不愿在此做官,就此告别了!"随后,刘备兄弟三人草草收拾行装扬长而去。

官差见张飞已经走远,才敢前去解救。督邮回到驿馆,立即派人捉拿刘备等人,但刘备、关羽、张飞三人早已经逃得无影无踪了。

中平二年(185年)二月,南宫云台突然失火,大火烧了半个月才熄灭,宫中的龙台凤阁已经全部化为废墟。

灵帝不知反省,仍决定大兴土木,重新修建宫殿,只是国库里已经没多少钱了,灵帝为此愁容满面。

这时,中常侍张让、赵忠请奏灵帝增加田赋,每亩加收十钱,这样积少成多,足以凑足修筑宫殿的钱了。灵帝当即准奏。朝中有人提出反对意见,灵帝不但不听从,还将那些反对之人打入大牢。

32. 董卓得势

为了筹集钱财修筑宫殿,各地的官吏只能加大力度剥削百姓,这让本就贫苦的百姓雪上加霜。

朝政日益混乱,导致民怨四起,不少百姓沦为盗贼。他们聚众造反,人数多的有两三万人,少的也有六七千人,还有一群黑山贼竟然有上百万的贼党。

朝廷无力讨伐,只得用官职诱降这些贼人。但贼人投降之后仍然为非作歹,朝廷无可奈何,只能得过且过了。

国内叛贼横行,边境也不安宁。陇西一带的胡人北宫伯玉先是勾结羌人,又联合强盗一同作乱。满朝百官齐聚一堂商量对策,最终灵帝下诏派皇甫嵩镇守长安,伺机讨伐叛贼。

皇甫嵩引兵出战,与贼党激烈交战数日,最终成功击退贼党。偏偏中常侍张让、赵忠与皇甫嵩有嫌隙,他们诬陷皇甫嵩贻误战机,白白消耗军饷。

这灵帝也是糊涂,竟然不分青红皂白没收了皇甫嵩的官印,贬他为都乡侯。没过多久灵帝又受小人蛊惑,封张让、赵忠等十三人为列侯,然后任命张温为车骑将军,董卓为破虏将军,一同领兵讨伐凉州叛贼。

张温率领十万兵马驻扎在善阳,叛军首领边章率兵前来攻打,

张温与董卓全都败下阵来。

不久冬季来临,天气日益严寒,夜里有流星滑落,光芒照彻敌营。贼军认为这是不吉利的征兆,准备返回金陵。董卓听闻消息大喜,立即率兵发起突袭。敌兵毫无斗志,纷纷弃营逃走。董卓率兵追杀,斩杀数千人,回营报功。

接着,张温下令董卓继续讨伐羌人,另派荡寇将军周慎攻打边章。

周慎没有听从孙坚的建议截住贼军的粮道,而是选择立即攻打边章,结果反被边章截断了粮道。周慎没了粮食如何打仗,只能丢弃辎重,狼狈逃回了。

董卓这边的形势还是令人欣喜的,他利用大水淹死众多贼党,然后引兵退回扶风。

这时,叛军首领之间起了内讧,边章与韩遂争功劳大小,互不相让。边章写信给张温乞求投降,张温自然接受,接着收兵退回长安,并向灵帝奏明军情。

灵帝看了奏书见战功多出自董卓,立马封他为斄乡侯,将他调为并州牧守。

董卓得知自己封侯的消息,立即变得趾高气扬,目中无人,张温派人召见他,他竟然不听命令。张温等了许久还不见董卓前来,于是再派人拿着诏令前去,董卓这才慢慢悠悠地赶来。

见了张温,董卓更是一副傲慢至极的态度。张温看不过去,出言责备他,董卓竟然反唇相讥,两人不欢而散。张温见董卓如此傲慢,没有起身相送,只是闷闷不乐地坐在帐中。

这惹恼了旁边的参军孙坚,他向张温进言说:"董卓不知有罪,还大言不惭,将军何不以军法处置,说他不肯应召,将他斩首呢?"

张温惊讶道:"董卓颇有威名,若将他杀死,西征靠谁呢?"

32. 董卓得势

孙坚愤然说道:"您威震天下,何必要依靠董卓呢?董卓出言不逊,傲慢无礼这是一罪;边章等人危害边关,理应讨伐,董卓反说不该进攻,这是二罪;董卓应召时迟迟不来,还妄自尊大,这是三罪。如今您正有理由杀他,否则养虎为患,他日后悔就来不及了!"

张温迟疑不决,挥手让孙坚退下。孙坚只得叹息不已。

孙坚是吴郡富春县人,家中世代为郡吏。十七岁的时候,孙坚与父亲乘船时遇见一伙海盗抢夺了商人的财物来到岸上分赃。孙坚不顾父亲的阻拦,拿起刀纵身跳到岸上,手中的刀东指西划,像是在招人过来。那群盗贼还以为孙坚在指挥官兵,立即抛弃财物逃走了。孙坚持刀去追击,杀死一个盗贼。

从这之后,孙坚的名气在郡县之中传开,后来升迁为司马。

灵帝中平年间,朝政日益紊(wěn)乱,国势日渐衰弱,灵帝只知道宠信阉人,纵情享乐。

此时内乱不休,外患迭起,兵变的消息从各地传来,灵帝也不

免忧心忡忡(chōng chōng)。他见小黄门蹇硕(jiǎn shuò)身材健壮，精通武艺韬略，于是撤销赵忠的兵权，特封蹇硕为尚军校尉，屯兵西园，保护宫廷。

另外，灵帝又封袁绍、曹操、赵融等七人为校尉，他们统归蹇硕调度，史称西园八校尉。

不久，有术士告知灵帝京城将有大兵到来，恐怕会发生流血事件。灵帝为了消灾，下令召集四方兵马齐聚京师，把平乐观当作讲武场演习讲武。灵帝登坛视察，传令各军演习阵法。他见军容齐整很是高兴，当下想入非非，给自己起了一个封号叫作无上将军。

灵帝命人将封号写在大旗上，随即骑马在阵中绕行一周，只听见军吏齐呼"万岁"。灵帝兴致更高了，又骑马绕行了两圈才将兵符交给何进，随后起驾回宫。

校尉袁绍目睹宦官专权，对他们怨恨至极，他与讨虏校尉盖勋私下商议，两人一拍即合，密谋除掉阉党。

可惜蹇硕等人忌惮盖勋，他们向灵帝谏言将盖勋外调，灵帝当然准奏。这样一来，盖勋与袁绍的计谋也就泡汤了。

这时，凉州的警报接连传来，灵帝又封皇甫嵩为左将军，让他率领董卓等人一同前去讨伐叛贼。

大军走到半路却停滞不前，董卓很愤怒，极力劝谏皇甫嵩快速出兵解救陈仓。但皇甫嵩有自己的考量，没有听取董卓的建议。

过了八十多天，陈仓守军依然坚挺，叛军却渐渐退去。皇甫嵩得知消息，立马率兵阻击叛军。这时，董卓又进言说："兵法上说穷寇莫追，如今我军追击叛军，不是违背兵法吗？"

皇甫嵩反驳道："我之前不出击是为了避开敌人的锐气，现在追击是因为敌军在撤退，没有斗志了，这并不能与穷寇相比啊！"

说完，皇甫嵩立即率兵追击，他令董卓作为后应。果然此战接连得胜，斩杀叛军万余人，董卓自愧没有立功，却反而记恨起皇甫嵩。

33. 董卓进京

第二年,朝廷召董卓回京担任少府,让他把部众交给皇甫嵩统率,董卓却找各种借口推辞不去上任。

皇甫嵩的侄子劝谏皇甫嵩除掉董卓这个奸邪小人,皇甫嵩没有听从,只是上奏弹劾董卓。灵帝下诏斥责了董卓,董卓从此更加痛恨皇甫嵩。

中平六年(189年)四月,灵帝得病卧床不起,不久就命归西天。上军校尉蹇硕秘不发丧,假传诏令命大将军何进入宫,想趁机杀害他。不料有人向何进告密,何进这才逃过一劫。

原来,灵帝临死之前与蹇硕密商,叫他拥立次子刘协。蹇硕想先除掉何进,再拥立刘协。可惜计划泄露,蹇硕只好听命何皇后,立皇长子刘辩为帝。

刘辩只有十四岁,不能亲政,由何太后临朝听政。何太后的兄长何进因此把持朝政。

何进把持朝政后,想除掉蹇硕报仇。这时袁绍刚好回京,他劝谏何进将那些罪大恶极的宦官全部杀掉。何进点头赞同。

何进便进宫请示何太后,请求罢黜宦官,改用士人。太后听了何进的话,沉吟了好久,才说道:"宦官统领宫禁是汉家一贯的做法,为何要全部杀掉呢?而且先帝才离开人世,和士人一起共事对我来

说也不方便,不如得过且过,后面慢慢再说。"何进不敢与何太后争论,只好暂时退下。

袁绍看见何进出来,急忙迎上去问道:"事情成了吗?"

何进皱眉回答:"太后不答应,怎么办呢?"

袁绍急忙说:"现在是骑虎难下的时候,如果错过了这个机会,恐怕会被反噬的!"

何进想了想说:"要不杀一儆百,将首恶杀掉,也就不用担心其他人了。"

袁绍听了更加着急起来,急急地说道:"宦官和皇帝亲近,负责号令百官,一个人动其他上百个人也会跟着动,岂能说杀掉一两个人就能解决问题的?况且他们都是同党,哪里分什么首恶和其余人等?要杀就全部杀掉,才能无忧!"

哪知张让、赵忠等人听到消息,急忙拿出金银珠宝贿赂何进

33. 董卓进京

的母亲舞阳君和弟弟何苗。这两人也是拿人钱财、替人消灾，他们经常跑到何太后面前替宦官说情。何太后被他们说服，渐渐疏远何进。

何进越来越失势，更加不敢擅自行动，唯独袁绍在一旁干着急。不久袁绍就想出一个办法，他请何进召集四方猛将及豪杰带兵入京，逼迫何太后除去阉人。何进听从了他的建议。

董卓接到命令后立即派人报告何进，说他很快就能入京，何进闻报大喜。

这时侍御史郑泰劝谏何进说："董卓贪得无厌，要是给他兵权，将来必将危害朝廷。您大权在握，只是想除掉几个阉党，何必依靠董卓呢？"何进听后，依旧无动于衷。

何苗得到董卓入京的消息，立即跑到何进面前替宦官说情。何进听了弟弟的话又变得迟疑不决。袁绍见何进不能成大事，索性假传何进之令，命各州郡官吏捉拿宦官的亲属。

张让等宦官得知消息全都惊慌失措，为了保命张让与亲信密谋杀害何进。他们假传太后命令，召何进入宫议事，然后埋伏在宫门外，等何进一进宫，就将他杀害。

接着，张让又假传诏令，罢去袁绍和王允两人的官职，并且对外宣称何进谋反，已经被诛杀了。

袁绍和何进的部下得知何进被杀，立即带兵闯入，逼迫宫中交出张让等人。张让等人十分害怕，情急之下劫持何太后、小皇帝和陈留王从其他道路逃跑。

尚书卢植早已料到这一步，他率兵堵住去路，救下何太后。何进的部下与袁绍等人冲进宫中后，分头搜捕阉党，见一个、杀一个，接连杀了两三千人。

此时，张让等人劫持着小皇帝、陈留王逃出京城，尚书卢植带兵在后面追赶。到了半夜，卢植追上张让，张让见无路可逃，投河自尽了。

卢植带着小皇帝和陈留王回京，半路上突然出现一大队人马挡住了他们的去路。少帝更觉惊慌，吓得涕泪横流，不知所措。

这时一员大将从军队中走出来，大家定睛一看，原来是前将军董卓，这才放心。董卓上前拜见小皇帝，小皇帝惊魂未定，说话结结巴巴。还是陈留王刘协从容不迫，他沉着地陈述祸乱的原因，自始至终没有一句失言。

董卓当下心中暗暗称奇，因此产生了废掉少帝的念头，脸上却不露声色，奏请御驾回宫。

少帝回宫后，即日颁诏大赦天下，改年号为昭宁，只是传国玉玺在这次叛乱中丢失了，一直没有找到。

骑都尉鲍信见董卓拥兵入京，不禁担忧起来，他向袁绍进言道："董卓拥兵入京，必定心怀不轨，不如趁他疲乏之际将他除去，这样国家才能安宁！"袁绍忌惮董卓兵多，没有听信鲍信。鲍信长叹数声，辞官回乡。

董卓回京后设法吞并了何进兄弟的部众，这样一来他的势力更加强盛了。

当时武猛都尉丁原有一个部下叫吕布，此人英俊威武，能敌万人，丁原对他非常器重。

董卓想将吕布收为己用，于是派心腹官吏李肃去拉拢他，送给他一匹赤兔马。这赤兔马浑身像火一样，能日行千里。

接着，董卓又赐给吕布很多金银珠宝。吕布得了名马与财物，自然心花怒放，对董卓感激不尽。但董卓要求吕布杀了丁原，投靠自己。吕布为了钱财，竟然不顾主仆情义将丁原一刀刺死。

董卓得知消息大喜，要封赏吕布，吕布却屈膝下拜认董卓为义

33. 董卓进京

父。董卓欣然接受。

董卓大权在握，打算废掉少帝。他先与袁绍商议，婉言说出想立陈留王为帝的想法，"陛下年幼蒙昧，不适合坐在皇位上，每每想起灵帝的昏昧，都让人心里愤慨。我看陈留王虽然年幼，但智慧却要超过他的兄长，我想立他为帝，你觉得怎么样？"

袁绍听了，直接说道："汉家君临天下，已经四百年了，天下百姓无不拥戴；现如今陛下还年幼，没有听说过有什么过错，你废嫡立庶，怕说没人会服气，请三思！"

董卓顿时大怒起来，"天下的事情现在都是我说了算，我要废立，谁敢不从？"

袁绍冷笑道："朝廷难道就只有你一个人吗？你最好别一个人做主！而且我也需要向太傅禀明才好做决定。"

董卓听了更加生气，拔出佩剑："小子！是不是觉得我的佩剑不够锋利？"

袁绍也拔出佩剑，把佩剑横在身前，说："我的剑未尝不利！"最后袁绍匆匆退出，解下官印，脱去朝服，跨马扬鞭直奔冀州去了。

董卓又召集百官说道："皇帝昏庸，不能安定天下，今天我要效仿伊尹、霍光的做法，改立陈留王为帝，好不好？"

众位臣子听了，都不说话。

董卓继续说道："我听说霍光当年废立皇帝，谁敢反对军法处置。"

忽然有一个人站出来说："伊尹和霍光废立皇帝，是因为皇帝有罪过，现如今陛下正年轻，也没有什么不好的行为，怎么能用伊尹、霍光的故事来放在陛下身上呢？"

董卓大怒，瞪着说话的人，发现是尚书卢植，当下就拔出佩剑扑向卢植，卢植赶紧起身避开，董卓不肯善罢甘休，追了出去。好

在侍中蔡邕拦住了董卓,劝他息怒,议郎彭伯也上前劝说:"卢尚书是天下有名的大儒,要是杀了他,天下恐怕都会震荡。"董卓这才作罢。之后,百官忌惮董卓的权势,只能唯唯诺诺听董卓安排。

哪知董卓厉害得很,不但废去少帝,还幽禁何太后。接着,董卓带领百官拥立陈留王刘协为帝。

刘协这年才九岁,他看着眼前的情形觉得十分不安,但他被董卓控制着,只能强装镇定接受朝拜。史学家称刘协为献帝,他是汉朝最后一个皇帝。

董卓胁迫何太后迁居到永安宫,何太后满腔悲愤无处发泄,一边走一边咒骂董卓。有人将此事报告董卓,董卓派人送去毒酒逼迫何太后喝下。何太后求生不得,一饮而尽,随即毒发身亡。

不久,董卓升任相国,不但可以入朝不拜,还可以佩剑入朝,他在朝中可谓一手遮天了。

34. 众将讨董卓

董卓虽然凶狠残暴但也知道笼络人心，他征召天下名士入朝为官，比如荀爽、陈纪、韩融等人都被召入朝廷。

袁绍之前与董卓作对，董卓本想通缉他，但后来被人劝说，放了袁绍一马，还任命他为渤海太守。

曹操不愿听命董卓，于是连夜逃出京城。董卓曾下令缉拿他，但又觉得自己大权在握，曹操这样的小角色对自己也没什么威胁，后来将这事抛诸脑后了。

董卓掌权后贪恋财色，见到财物便收入囊中，见到漂亮女子就掳回自己府上。洛阳城中有不少皇亲国戚，他们的财物和娇妻都被董卓抢走。即使这样董卓还不满足，他把魔爪伸向皇宫，宫里的宫女和公主都被他强掳回家。

东郡太守桥瑁（mào）见董卓荒淫无道、残暴不仁，首先站出来讨伐他。但桥瑁担心自己势单力薄，无人响应，于是谎称朝廷三公写来密信，让他召集兵马，讨伐董卓。袁绍这时也在招兵买马，他收到桥瑁的来信，当即决定与他结为同盟。

冀州牧韩馥（fù）本来是董卓一派的，但他为了国家大义，决定背叛董卓。韩馥写信给袁绍，表示愿意一同起兵。

袁绍得知韩馥加入自己阵营，很是高兴，立即派人密约其他人一同起事。袁绍的堂弟袁术、山阳太守袁遗、豫州刺史孔伷（zhòu）、陈留太守张邈（miǎo）等人纷纷响应。

曹操逃走后也一直在招募兵马，大概聚集了五千人，他听闻袁绍起事立即率兵赶去会合，还有长沙太守孙坚等人也随后起兵。全国讨伐董卓的人马共计十四路，他们陆续集结，推选袁绍为盟主。

董卓得知袁绍等人起兵进军洛阳的消息后，又惊又气，不久他就想出一条计策，那就是派人去杀害少帝。

原来关东联军指责董卓的第一条罪过就是废去少帝，董卓心想这少帝不除，始终是个祸患，于是派遣谋士李儒前去毒杀已经被废为弘农王的少帝。李儒携带着毒酒前去弘农王的府邸，借着上寿的理由献酒，说道："喝了这杯酒，可以避邪！"

弘农王摇手说："我没有病，为什么要喝这杯酒？你怕是来毒杀我的吧？"

李儒于是逼迫弘农王喝酒，弘农王皱着眉一动不动，李儒气急

34. 众将讨董卓

败坏,说道:"这是董相国的命令,难道你敢不听从命令吗?就算不喝这杯酒?你又能活到什么时候?"

弘农王的王妃当时正好也在,就想代替弘农王喝酒,被李儒呵斥:"相国没想让你死,你替代不了他!"

弘农王知道事情已经没有转圜的余地,于是和王妃诀别,喝下了毒酒。少帝喝下毒酒后片刻毒发身亡,年仅十五岁。

董卓毒死少帝后,立刻召集百官商议对策,想要调集兵马,攻打各路大军。这时,尚书郑泰为了反对董卓出兵陈述十条理由,言语间既贬低了袁绍等人的战斗力又夸耀了董卓的军事才能。

董卓听了郑泰的分析,笑逐颜开,直夸郑泰是智士,而且还封郑泰为将军,让他统领各军讨伐关东军。郑泰也暗自欢喜。

其实郑泰是被董卓强行逼迫入朝为官的,他见董卓凶残无道也想设法除掉他,只是没机会下手。这次正好乘机进言得到重用,他便暗自布置联络其他人。

谁知有人看透了郑泰的心思,向董卓进言道:"郑泰才智过人,常常想勾结外敌,现在让他带兵恐怕不妥啊!"

这话提醒了董卓,于是董卓收回郑泰的兵权,让他担任议郎,从此对他严加防范。

不久,各地的警报陆续传入朝廷,董卓感到十分焦急。后来,他找人占卜,得到的说法是汉朝将要灭亡,便想迁都长安。

董卓召见百官商议迁都之事,百官都不愿西迁,但他们忌惮董卓的权威,大都不敢反抗。而那些提出反对意见的大臣则被董卓找了个借口免去官职,还有的被拖去斩首,连家人也统统被杀。从这之后,朝中无人敢反对。

董卓下令文武百官先出发,再让洛阳几百万百姓全部迁到长安。宫廷内外没有一人情愿西行,只是被董卓所逼,不得不背井离乡。

哪知董卓凶恶得很，他规定了出发时间，只要谁敢拖延时间就会被斩杀，财产也被充公。

可怜这些官员百姓舍弃原来的家园，只带了一点家当就匆匆上路。途中步兵、骑兵驱赶他们，经常出现人员踩踏现象，再加上盗贼劫掠，一路上不断有人死去，十分凄惨。

董卓还带着兵马火烧洛阳城，二百里之内全部化为废墟，鸡犬不留。不仅如此，董卓又派吕布挖掘达官贵人的坟墓，取出里面的珍宝占为己有。

这时，河内太守王匡进军河阳津，准备攻打洛阳。董卓知道后前后夹击王匡军，取得大胜。他将抓来的俘虏用布缠住，然后浇上膏油放火焚烧，一时间火光冲天，哀号声响彻天地，真是惨不忍睹。

袁绍当时听闻袁隗、袁基因劝阻迁都被灭族，很是悲愤，传令各军展开猛攻。突然王匡失败而还，各路军队顿时士气大跌，袁绍也有些彷徨。

曹操见状愤然道："义军现在会合在一起，就是为了诛杀乱贼，还有什么可犹豫的呢？况且董卓的恶行惹得天怒人怨，现在正是除奸的好机会，只要合力西讨定能成功！"

可惜各路军帅缩手缩脚都不敢率先进攻，就是袁绍也迟疑不定。曹操毅然决定单独进军打头阵，经过成皋（gāo）直达荥阳，一路所向披靡。

董卓听闻曹操士气高涨连破数座营寨，不由得彷徨起来，他害怕关东其他兵马一拥而下，于是派人向袁绍求和，来一个缓兵之计。

哪知袁绍当场拒绝了使者的请求，还将他们杀害。董卓知道后大怒，派出几路军队攻打曹操。曹军寡不敌众，与董军厮杀数回合后败下阵来，曹操更是在部众的拼死掩护下才狼狈逃回。

而此时十几万的义军仍然按兵不动，曹操看着那些整日喝酒快

34. 众将讨董卓

活的首领气愤极了。他劝说大家齐心讨贼，但他们不仅无动于衷，还嘲笑曹操打了败仗。

不久，曹操又听说义军起了内讧，他更加失望了，长叹一声说："叛贼未除，先自相残杀，这如何能成事呢？"

好不容易过了残年，关东诸将议论纷纷想要推立幽州牧刘虞为帝。袁绍乐得依从，但是曹操与袁术坚决反对。

袁绍当然不肯罢休，又派人去劝说刘虞。不料刘虞严厉呵斥来使，还将来使斩杀，众人这才将此事搁置。

袁绍等人一直按兵不动，没过多久，粮食吃完了，将士们也变得毫无斗志，义军开始陆陆续续解散。

35. 讨董军分裂

起义军陆续解散,唯独长沙太守孙坚豪气逼人,继续率兵讨贼。他与袁术约定,自己向前冲锋,袁术运输粮草接济。一切安排好之后,孙坚即刻引兵急进,所向披靡。

董卓听到消息,急忙调遣中郎将徐荣带兵截击孙坚军队。徐荣是一位很有谋略的将领,他与孙坚第一次交战就将他打得狼狈而逃。

后来孙坚吸取教训,不再轻易出战,他采用诱敌之计诛杀徐荣手下的大将华雄,接着趁乱追杀,徐荣军队慌忙逃窜,十死九伤。

败报传到洛阳,董卓急忙派胡轸(zhěn)与吕布率兵援助徐荣。可吕布和胡轸却起了内讧,这正给了孙坚可乘之机。孙坚趁机将胡轸的部众杀得所剩无几。

董卓见孙坚实力之强,暗暗心惊,便急忙派人向孙坚求亲,以此拉拢孙坚。但孙坚不为所动,还怒斥来使。

董卓为了稳定军心,竟然将正在祭祀的百姓统统杀掉,然后割下他们的头颅系在车辕上,唱着歌儿入城,说是打了胜仗。

不久士兵来报,孙坚的军队已经到达大谷,距离洛阳只有九十里了!董卓得知后当然心急如焚。

思考一番后,董卓决定亲自率兵出战,与孙坚一决雌雄!董卓命吕布为先锋,自己出任元帅,出城迎敌。

35. 讨董军分裂

两路大军对战，孙坚来势汹汹，英勇无敌。董卓见状开始惊慌起来，他立即策马返回。主帅一动，全军都乱了套，吕布虽然骁勇善战，但一人无法击杀众多敌人，也跟着逃走了。

孙坚听说董卓西去，没有亲自去追，只是留在洛阳城四面巡逻，准备修缮城池。

孙坚在洛阳城中徘徊（pái huái），看见满城废墟，汉室宗庙倒塌，皇陵被毁，眼前一片凄凉，忍不住痛哭起来。忽然城南有一道五色亮光冲向空中，孙坚见状立即飞奔过去，发现是一口井在发光。

孙坚命将士将井水抽干，最后从井底捞出一个匣子。

孙坚打开匣子一看，里面有一方玉玺，上面刻着"受命于天，既寿永昌"八个大字。孙坚料想这就是秦汉二朝的传国玉玺，不禁喜笑颜开。此刻他不禁心生异心，立即率兵赶回鲁阳。

袁绍这时正屯兵河内，他探知孙坚已经进入洛阳，也想乘势进

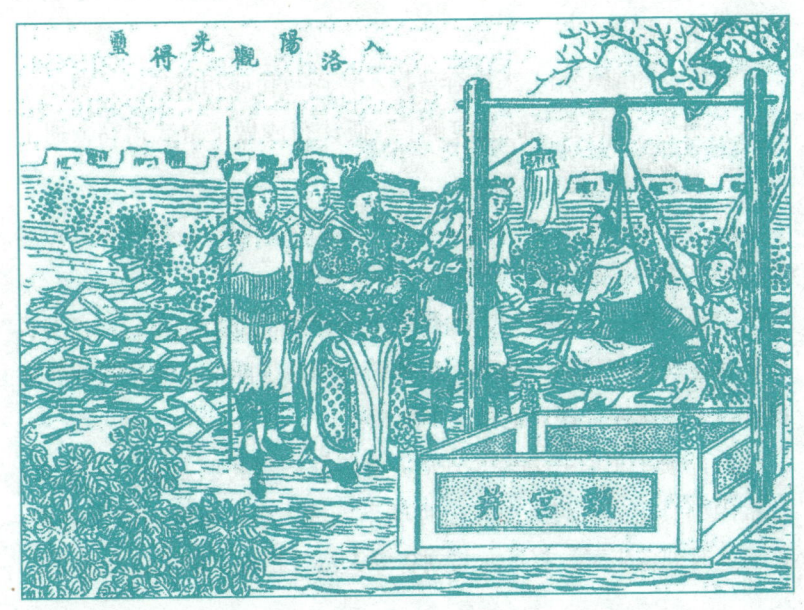

兵,无奈各路义军已经溃散,只好作罢。

后来,袁绍听从幕僚逄纪的建议与公孙瓒(zàn)联手,一起攻打冀州。冀州牧守韩馥派兵抵御,被公孙瓒打败。

袁绍又派人去威逼利诱韩馥,韩馥生性懦弱,竟然将冀州拱手让给袁绍。袁绍进城后,自己做冀州牧守,任命韩馥为奋威将军。袁绍不但不给韩馥兵马,还将他的部下全部撤换。

好好一个冀州牧守,现在落得无权无势,反倒寄人篱下,事事受人管制,韩馥后悔至极,悄悄逃出城。后来,韩馥害怕袁绍加害自己,整日提心吊胆,居然自杀身亡了。

曹操也屯兵河内多时,他得知义军溃散,料知讨伐董卓一事难以成功,于是打算自寻出路。

后来,曹操听从朋友鲍(bào)信的建议先进攻大河以南,然后再作打算。碰巧十多万黑山贼劫掠东郡,曹操立马率兵前去攻打,最终成功杀退贼党,收复东郡。曹操派人向袁绍报捷,袁绍上表请封曹操为东郡太守。

这时,荀彧(yù)来投奔曹操。曹操与荀彧相谈甚欢,曹操不禁大喜道:"你真是我的张良啊!"便让荀彧做了奋武司马,遇上大小事情都与他商量。

此时,袁绍与袁术因利益之争积怨颇深。而公孙瓒因袁绍害死自己的堂弟与其撕破脸,决定攻打袁绍。

公孙瓒调兵进攻冀州,各州郡不能抵御,多半投降。寂寂无名的刘备这时也来投靠公孙瓒。公孙瓒与刘备是同窗,他见刘备前来投奔,十分欢迎,还让他做了平原相。

公孙瓒手下有一名骁(xiāo)勇善战的部将叫赵云,字子龙,是常山郡真定人。赵子龙见公孙瓒不能成大事,有些后悔投奔他,正巧这时刘备来了,赵子龙与刘备等人意气相投,很快结为至交。

35. 讨董军分裂

刘备去平原任职时,向公孙瓒讨要赵云,公孙瓒答应了。于是刘备与赵云一同奔赴平原去了。

袁绍害怕袁术与公孙瓒夹击自己,于是派人嘱托荆州刺史刘表,让他牵制袁术。袁术担心刘表袭击自己,又写信给孙坚,让他攻打荆州。

孙坚收到袁术的信后,立即率兵来攻,击败刘表的部将黄祖。

黄祖等人逃跑退回襄阳,孙坚接着率兵围攻。刘表派黄祖等人连夜袭击孙坚军营,孙坚临危不惧,亲自斩杀敌兵一百多人。

黄祖自知抵御不了,领着骑兵逃入大岘山。孙坚自恃勇猛,只带了数十骑冒险追击敌人。黄祖躲进丛林,命人向孙坚发射暗箭,并用巨石砸他。

孙坚边舞动槊(shuò)挡箭边骑马前进,不料一块巨石朝他砸来。他来不及躲避,直接被巨石压住,顿时鲜血直流,死于非命,年仅三十七岁。

孙坚惨死后,黄祖等人冲出来杀死孙坚的随从,准备返回城中,却迎头碰上孙坚的部下程普、韩当等人。双方厮杀一场,各有死伤。黄祖等人寻机率兵离去,程普、韩当等人不见孙坚,立即前往山中寻找。

到了山中,他们看到了骑兵的尸首,唯独不见孙坚,众人料想孙坚可能凶多吉少,只好返回营中。

第二天天亮后,襄阳城上竟然挂着孙坚的头颅,程普等人吓得不知所措。后来派人进入城中,费了一番口舌才领回孙坚的尸首,送回曲阿安葬。程普等人都率兵退回。

袁绍见有刘表牵制袁术,于是率领全军攻打公孙瓒。大军行至界桥时正与公孙瓒的军队相遇,公孙瓒的军队大概有三万人。

两军随即交战。经过一番艰苦的战斗,袁绍大军取得胜利。此

后袁军又在龙凑取得大胜,公孙瓒再次战败,退回蓟城,从此不再亲自出战。

此时穷凶极恶的董卓,却早已经安安稳稳到达长安,百官全都出城迎接。

董卓进入长安后就封自己为太师,地位在诸侯之上,他的宗族亲戚也大多加官晋爵。

不久,董卓听闻孙坚的死讯,更加得意扬扬,他认为大患已除,没人敢与他作对了,于是开始大兴土木。

他先是修筑太师府,后来又在郿县依山修筑堡垒,并在堡垒里面筑造宫室府库,董卓将这里称为"郿(méi)坞"。府中储存的粮食足够吃三十年,好色的董卓还派人采选民间少女八百人充实宫室。

36. 美人计除董卓

董卓去郿坞住的时候，将朝中之事都交给司徒王允代为处理。

王允表面上讨好董卓，深得董卓的信任，但私下整日想着如何除掉他这个奸人。王允一直找不到机会下手，为此弄得寝食难安，无比憔悴。董卓还以为他是为自己分忧，对他格外体恤。

后来，王允与亲信们商议除掉董卓之事，几人决定从董卓的义子吕布这边下手。

王允心想吕布这样的年纪，一般贪慕财与色，于是他先赠送给吕布不少金银珠宝。吕布欣喜不已，渐渐与王允来往密切。

有了财物作为诱饵，还需要一位美人儿才能完全笼络吕布。王允又物色了一位秀外慧中的歌伎貂蝉，将她召入府中，当作女儿一般对待。

貂蝉感念王允的恩情，一直想着报答他。王允见貂蝉诚心十足，就将除掉董卓的计谋说给她听，没想到貂蝉当即表示愿意相助。

王允便按计划行事。他先设宴邀请吕布来到府中，等酒过三巡之后，就让貂蝉出来相见。

貂蝉身穿华服，缓缓走到吕布身边为他斟酒。吕布见到这样一位倾国倾城的美人，魂都被勾了去，酒一杯接一杯地喝下了肚。

王允又让貂蝉表演歌舞，貂蝉歌声婉转动人，舞姿曼妙，吕布

看得如痴如醉,意乱神迷。一场歌舞过后,貂蝉对着吕布盈盈一笑,转身离去。

吕布看着貂蝉离去的背影,久久没有回过神来。吕布看了看王允,问:"这个女子是谁?"

王允回答说:"这是我的义女貂蝉。"

吕布赞不绝口,王允随即说道:"将军如果不嫌弃她,我就把她许配给将军。"

吕布一听,一下子站起来,问道:"司徒说真的?"

王允微笑着说:"淑女就应该配英雄,将军就是英雄,我还怕小女配不上将军呢。怎么能说我的话是假的呢?"

吕布于是下拜王允,说道:"如果是真的,吕布感激不尽,一定知恩图报!"

36. 美人计除董卓

接着王允就与吕布约定日期,到时候亲自把貂蝉送到吕布府上。

没过几天,王允趁着吕布外出把董卓引到自己府上。等到董卓喝得醉醺醺的时候,王允就让貂蝉出来表演歌舞助兴,貂蝉动听的歌声、娇美的舞姿吸引了众人的目光。

王允见董卓看得眼睛都直了,就说貂蝉是府上的歌伎,还顺水推舟将貂蝉献给董卓。等酒席散去,董卓就将貂蝉带回府中。

不久,吕布听闻消息,立马来到王允府中责问他。王允却故意说:"太师听说我有一义女许配给了将军你,亲自来将貂蝉接走了,我又怎么敢推辞呢?想必是太师看重将军才会这样做,将军可不能错怪我啊!"

吕布将信将疑,随后返回太师府中打探,得知自己的心上人已经被董卓霸占。吕布气得直跺脚,又跑去责问王允。

王允言语间故意挑拨董卓与吕布的关系,并让吕布继续探明情况。吕布是个有勇无谋的人,他听了王允的话又回去打探消息。

可巧董卓这时不在家,吕布大步踏入董卓府中,正好碰上貂蝉。貂蝉一见到吕布便泪如雨下,哽咽不止。吕布见美人这副愁容,心疼不已。

接着,貂蝉便向吕布哭诉董卓是如何霸占自己的,说完竟探身准备跳入荷花池。吕布见状抢先一步将貂蝉拉入怀中。貂蝉欲拒还迎,急得吕布发起誓来,说非貂蝉不娶。

恰巧这时董卓回来了,他看见两人拉拉扯扯纠缠不清的样子非常愤怒,大声呵斥吕布,两人还因此打了起来。董卓顺手取来一支戟刺向吕布,吕布灵活一闪,这才没有受伤。

吕布走后,董卓怒责貂蝉。貂蝉巧言骗过董卓,说自己是被吕布调戏,多亏太师救了性命。董卓被美色迷惑,自然听信貂蝉的话。

吕布受了气又跑到王允这里来诉苦,吕布恨恨地说:"如果不

是父子关系,我就杀了这个老贼!"

王允微笑着说:"太师姓董,将军姓吕,本来就不是什么骨肉,将军再想想,董太师朝将军扔戟的时候,可曾有过父子情?"

吕布被王允这么一挑拨,顿时坚定了杀心。

初平三年(192年)四月,献帝在未央殿召见群臣。太师董卓也准备入朝,他提前一天安排好保护自己的护士,并令吕布随行。

第二天清晨,董卓内穿铠甲,外套官服,坐着马车朝宫中行进。两旁的士兵如铜墙铁壁一般,吕布骑着赤兔马紧紧跟着队伍。

其实吕布事先已经与骑都尉李肃等人约好一同除掉董卓。

等到董卓一行人到北掖门时,李肃拿起长戟突然朝着董卓的胸口刺去,谁知只刺在了董卓的铠甲上。李肃忙掉转长戟,董卓用手一遮挡,结果手腕被刺伤。董卓大声呼喊:"吕布在哪里?"

此时,吕布掏出事先准备好的诏书,喊道:"奉诏讨伐逆贼!"说完便当场斩杀董卓。

宫中官吏都怨恨董卓残暴,没有一人怜惜他,百姓们得知董卓死讯,全都欢呼起来。

董卓死后,吕布冲入太师府中将董卓的姬妾全都杀死,只将美人貂蝉带回自己府中。

王允也派人去郿坞诛杀董氏族人,并将那些被董卓抢走的良家妇女全部释放。此外,士兵们还在郿坞搜出大量的金银财宝,王允将这些财物全部充公。

奸臣董卓被除掉后,王允和吕布都得到献帝重用,两人一同执掌朝政。王允继续追查董卓的党羽,他们有的被罢免,有的被诛杀。

王允虽然与吕布一同执掌朝政,但他见吕布是一介武夫,不通政事,常常独断专行。吕布也喜欢意气用事,两人不肯相让,渐渐产生矛盾。

36. 美人计除董卓

李傕（jué）、郭汜（sì）等人都是董卓的部将，他们本想解散兵马逃回家乡凉州，但又怕交出兵权后仍得不到赦免，于是决定率军西进攻打长安。

随后，李傕等人结为同盟，率军向长安进攻，沿途不断收拢董卓旧部，到达长安时有十几万人。

吕布率兵抵御，无奈敌军人多势众，八天后长安城被攻破。李傕等人纵兵大掠，百姓官吏死伤无数。吕布与残兵杀出一条血路突围，半路上又派人通知王允一同逃走。

王允长叹道："社稷安定、国家强盛是我的夙（sù）愿，万一不成，我只有以死谢罪。主上年幼，我不忍心独自逃走，请替我转告关东诸将，请他们平定内乱、安定国家，这样我死也瞑目了！"

吕布见王允不肯逃走，就带着残兵去投奔袁术了。

李傕等人很快占领长安，他们挟持献帝，逼迫献帝大赦天下，封给他们官职。献帝无奈，只能一一照做。

李傕等人得志以后，就将王允、宋翼等与他们有过节的人全部处死。至此，朝中大事由李傕等人全权处理。

37. 曹操大战吕布

东郡太守曹操率兵大败黄巾贼之后,招收了三十万的降兵,他留下强壮的士兵严格训练并组成一支军队,号为"青州兵"。

不久,曹操又完全占领兖州,他的野心更大了,想效仿齐桓公与晋文公成就霸业。曹操先是听从幕僚毛玠的建议迎回天子,接着便广招天下英才为自己所用。

一切安排妥当之后,曹操派人将老父曹嵩接来与自己团聚。不料,曹操的父亲与弟弟曹德等亲人在半路上被陶谦的部将张闿(kǎi)杀害。原来这张闿是投降的黄巾贼,他贼性难改,看曹家财物众多,于是起了杀心,将曹氏全家屠戮(lù)。

曹操这时刚打败了前来讨伐的袁术,正打算乘胜进军,突然听闻全家被杀的消息,震惊得差点昏过去。曹操边哭边骂,口口声声要与陶谦拼命,随后就留下谋士荀彧、程昱等人驻守鄄、范、东阿三县,自己带着大队人马,浩浩荡荡杀往徐州。

曹操大军到达徐州便开始大肆杀戮,很快就攻克十多座城池。城中不论男女老少全部被杀害,可怜那数十万百姓一起化作冤魂。陶谦抵御不了曹操的攻击,只好派人四处求救。

不久,平原相刘备率兵到青州与刺史田楷(kǎi)会师一同救援陶谦。曹操见陶谦请来了援兵,自己这边军粮也已经耗尽,于是

37. 曹操大战吕布

引兵退去。

陶谦一见刘备就觉得此人与众不同,对他格外尊敬,一再留他与自己同住,而且还上表请求封刘备为豫州刺史。刘备再三告辞,陶谦反复请求,见盛情难却,最后刘备答应留下来并驻军在小沛城。过了几十天,曹操又率兵来攻打陶谦,刘备为了感谢陶谦的厚待,自然领军相助。可曹军势不可当,刘备等人见状只能暂时后退。

陶谦无比焦急,勉勉强强守了一夜。不料第二天曹操的军队突然退去了,城外空无一人,这可把陶谦高兴坏了。

原来是陈留太守张邈背弃与曹操的盟约,私下与吕布结交,让吕布悄悄潜入兖州,并攻占了濮(pú)阳。曹操得知兖州情况危急,当下就撤兵回去。

曹操率兵攻打濮阳,吕布也带兵出城迎敌。曹军知道吕布英勇无比,还没开战就已经胆怯了,吓得都往回跑。

曹操还想奋力一战,不料部下已经乱作一团。那吕布一路向前,所向无敌,曹操的部下拼命抵抗,曹操才边战边退,逃了出来。

打了败仗的曹操当然不甘心,到了夜间,他派兵偷袭吕布军营。可吕布大军实在勇猛,曹操又一次战败,幸好大将典韦杀出一条血路,才侥幸逃回营中。

吕布回到濮阳后与陈宫一起商议攻破曹操的办法,他们探知濮阳城中有一富豪田氏,于是计划假借田氏之名诈降曹操,然后在城中设下埋伏。

曹操因两次败在吕布手上,满腔怒火无处发泄,一收到田氏的降书也不辨真假,立即与田氏约定里应外合。

当晚月色朦胧之时,曹操带兵来到城下,他见城门大开,不禁暗喜。一进城曹操没有见到一个人,这才觉得可疑。突然一声炮响,鼓角齐鸣,呐喊声从四面传来。

曹操知道中计了，想掉转马头从东门逃出去，不料东门已经被吕布军队堵住。曹操等人又辗转逃往其他出口，可到处都被吕布的军队堵住了。

吕布一路追击曹操，正好与曹操相遇，但曹操不仅不慌乱，还骑着马慢慢悠悠地从吕布身边经过。吕布在黑夜中看不清来人的面目就问他曹操在哪里，曹操随手指了一个人这才逃脱。

两军僵持了百余天也不分胜负，恰逢这时发生蝗灾，闹起了饥荒，双方的军粮也都耗尽，只得各自退兵了。

当时大司马幽州牧刘虞与公孙瓒积怨很深，两人甚至兵戎相见。后来，公孙瓒打败刘虞将他杀害，刘虞的家人也全成了阶下囚。

公孙瓒意气风发准备攻打冀州，袁绍也有所防备，他派人拜访曹操，劝曹操迁居鄄中，互相援助。曹操刚刚失去兖州，军粮也快耗尽，便将计就计答应了袁绍。

37. 曹操大战吕布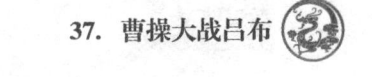

关键时刻,曹操的谋士程昱劝阻说:"将军迁居邺城像是临阵脱逃啊!袁绍势力有余但才智不足,将军如此威武聪明,难道甘愿听命于袁绍吗?兖州虽然失去大半,但我们还有三城,将军再招募壮丁和志士,一定可以收复兖州,说不定还能成就霸业!"

曹操听了程昱的话深受触动,于是辞掉袁绍的邀请,开始招兵买马、购置粮草,决定休养一段时间后再与吕布一决雌雄。

这时徐州传来消息说陶谦病死,徐州已经归刘备所有。曹操非常愤怒,当即决定先攻打徐州,为家人报仇雪恨。谋臣荀彧极力劝阻曹操,并陈明其中要害,曹操才暂时搁置攻打徐州的计划,专心与吕布交战。

这时,吕布与陈宫等人率兵一万前来攻城。这一战曹操信心十足,他巧设计谋、埋下伏兵,成功击败吕布。

曹操顺利收复兖州,自称兖州牧守。而吕布失去兖州后无处可以容身,只好带着家眷一起投奔刘备去了。

陶谦死后嘱托部下将刘备迎入城中驻守徐州,刘备一直推辞,后在众人的极力劝说下才答应下来。这时吕布正好来投奔刘备,刘备热情迎入吕布,并让他屯兵小沛城。

话说李傕与郭汜已经把持朝政两年了,两人虽是一同起兵的,但双方争权夺利,也渐渐生出矛盾。为了缓和矛盾,李傕经常请郭汜来家中喝酒,有时甚至将他留在自己家里住宿。

时间久了,郭汜的妻子害怕丈夫在外面拈花惹草,于是就设计挑拨李傕与郭汜的关系。她在李傕送来的饭菜中下毒,并对郭汜说李傕想加害于他。

郭汜信以为真,立马调兵攻打李傕。李傕听闻郭汜无缘无故发兵攻打自己,当然怒气冲天,他一边调兵抵御,一边派人将献帝和伏皇后押入自己营中。

不仅如此,李傕还派人进宫将府库中的财物全部搬到自己营中,然后放火将宫殿全部烧毁。

献帝到了李傕营中寝食难安,他派太尉杨彪、司空张喜等人到郭汜营中想与他讲和。谁知郭汜竟然将献帝的使臣们扣留,还逼迫他们一起攻打李傕。

杨彪怒声说道:"大臣相斗,一个劫持天子,一个拘押公卿,从古至今未曾发生过这样的事情!"

38. 献帝逃亡

话说献帝被李傕挟持后过着与世隔绝的日子,甚至向李傕要一些食物都被拒绝,可怜献帝无能为力,只能默默流泪。

献帝又派侍从皇甫郦分头去劝说李傕与郭汜,但是并没有成功。皇甫郦见李傕出言不逊,忍不住狠狠数落了他一番。

李傕哪里受得了这样的气,立即派虎贲将王昌去抓捕皇甫郦。王昌知道皇甫郦为人正直忠义,不忍加害,于是故意回报说没有追上皇甫郦。

为了安抚李傕,献帝加封李傕为大司马。李傕迷信鬼怪,将这些全都归功于巫师,还重重赏赐他们,那些为他出生入死的将士却没有得到一点赏赐。此后,李傕的部众陆续叛变。

碰巧镇东将军张济引兵入都,他请奏献帝下诏让李傕和郭汜言和,献帝听从了他建议。随后经过使者来往数十次的劝解,这二人终于握手言和,郭汜也将大臣们释放。

不久,张济等人护送献帝和伏皇后去往弘农,李傕不愿跟随,屯兵在池阳。郭汜还想劫持献帝,不料被人发现,他见自己势单力薄,只好逃之夭夭。

过了一夜,献帝等人继续启程,到了华阴的时候,护送献帝的几个将领之间起了内讧(hòng),率军互相打了十几天也没有分

出胜负。后来献帝派人替他们调解,这才平息了战乱。

不料一波未平一波又起,李傕与郭汜两人又勾结在一起,率兵朝着献帝杀过来了。

这时,护送献帝的将领张济也叛变了,他联合李傕与郭汜一同追击献帝。献帝身边的将士被李傕、郭汜大军杀得大败,不少大臣与侍卫丧命。献帝与伏皇后在董承的拼死保护下得以逃脱。

一路上献帝等人边走边战,终于到达陕地,众人在这里安营扎寨,清点将士时发现十死九伤,剩下的不满一百人。

突然,李傕、郭汜、张济三路叛兵又杀来,将大营团团围住。献帝和大臣们没有办法,只能悄悄渡河逃命。献帝等人到了河边,见岸高数丈,不能跳下去,只好让人用布绑住身子轻轻放入船中。

大臣们依次上船,但小船只能容下数十人,随行的士兵也争相登船,董承等人不得不斩杀了更多想要登船的人。

38. 献帝逃亡

李傕等人来追击献帝，见献帝、伏皇后已经东渡无法追上，于是将岸上的士兵全部抓去。

献帝等人登上岸后来到安邑，河内太守张扬、河东太守王邑派人送来粮食和衣物，献帝分别加封他们为安国将军和列侯。

后来，又有不少人跑来慰问献帝，他们都向献帝求官职。由于求官的人太多，来不及刻官印，献帝只好先命人用锥子在石头上刻字，然后颁发。

当时关东最有名望的人首推袁绍、袁术兄弟，但这二人都怀有异心怎肯去救献帝呢？

袁绍的谋臣沮授曾劝袁绍迎回献帝，挟天子以令诸侯，然后名正言顺地讨伐其他人，袁绍迟疑不决，因此错过成就大业的机会。

不久，东郡太守臧洪背弃袁绍，自立为主，袁绍当即抛下迎驾一事，发兵攻打东郡。可是臧洪守备森严，双方相持数月。

直到东郡城内粮食耗尽，臧洪与部下终于抵抗不住被袁绍大军击败。但是从始至终城中百姓无一人叛变，臧洪因不肯屈服被袁绍处死，他的一些部下也殉主而死。

袁绍杀害臧洪之后又打算攻打幽州，幽州被公孙瓒占据，他的实力也不容小觑（qù）。

袁绍派大将麴（qū）义与公孙瓒交战，双方交战数次各有胜负。麴义回报袁绍说公孙瓒实力强劲，一时无法消灭，袁绍这才停止进攻，但心中还是想吞并幽州。

再说董承等人护着献帝一直驻扎在安邑，第二年改年号为建安。建安元年（196年）秋天，献帝回到洛阳。洛阳的宫殿已经被董卓烧毁，一时半刻也没法修好，百官无处栖身，只能住在那残垣断壁之中。

朝廷没有粮食，派人去向各州郡调粮，竟然没有一人回应。百

官只能亲自出去寻找野菜充饥，不少官员被饿死。

这消息传到兖（yǎn）州，野心勃勃的曹操便想挟天子以令诸侯。曹操将自己的想法告知部下，部下大多持反对意见，唯独荀彧极力支持。

荀彧说："当年晋文公接纳了周襄王，于是成就了霸业；汉高祖为义帝送葬，于是天下归心。近来董卓祸害天下，天子流离失所，将军您首先举起义军，只因为山东混乱，所以才没有赶去护驾。现如今天下思汉，如果此时能够奉迎陛下，那便能让四方英雄归服，这是大略，更是大德，将军不可错失良机。如果让别人抢占了先机，就再也没有这个机会了！"曹操听了荀彧的分析十分欢喜，他立即派中郎将曹洪先去打探消息。不料曹洪在路上被董承等人拦截。

过了几天，曹操又接到董承的书信，邀他速速赶到洛阳。原来董承对专权跋扈的韩暹（xiān）十分不满，他同意曹操来洛阳，是想借曹操之手除掉韩暹。

曹操抵达洛阳后朝见献帝，行了跪拜之礼。接着他就上表请奏治韩暹、张杨的罪，韩暹自知不敌曹操，逃往大梁。

献帝封曹操为司隶校尉，录尚书事，曹操从此手握大权，但洛阳诸将各怀异心，曹操深知这些人不可依靠。

大臣董昭是曹操的好友，曹操见当前局势对自己不利，于是向他问计。董昭建议曹操以洛阳缺少粮食为由，迎献帝迁都许昌，曹操点头赞同。

献帝不得不听从曹操的安排，群臣有所畏惧也不敢有异议。就这样，曹操带着献帝即日出发，他担心有人劫驾，步步为营，最终安然抵达许昌。

献帝到了许昌又封曹操为大将军、武平侯，太尉杨彪、司空张喜见曹操独揽大权，纷纷辞职。

38. 献帝逃亡

不久，曹操又请献帝下诏斥责袁绍，说他拥兵自重，结党营私。袁绍很是不服气，上疏为自己辩解，还请献帝迁往鄄城。

曹操看了袁绍的奏书当然反对，只是请奏献帝封袁绍为太尉。袁绍收到诏令大怒，表示拒不接受。曹操担心袁绍发兵来攻打，于是将大将军一职让给袁绍，袁绍这才没有与他继续争论。

39. 徐州混战

话说徐州在刘备的治理下一片祥和,百姓安居乐业。

而袁术从孙坚妻子手中夺得玉玺后整日想着自己做皇帝,徐州和扬州隔得很近,他便打算吞并徐州、扩大势力后再称天子,就派兵攻打徐州。

刘备得知袁术来袭不得不亲自出征,他留下张飞把守下邳,自己和关羽带兵出屯盱眙(xū yí)抵御敌军。

刘备军与袁术军交战数次也不分胜负,这时,吕布这个小人竟然不顾情义听命于袁术,由小沛袭击徐州。

留下来守城的张飞特别喜欢喝酒,喝醉后又爱耍性子。一次酒醉后,张飞把部下曹豹狠狠打了一顿。曹豹对张飞怀恨在心,于是打开城门迎接吕布。张飞猝(cù)不及防,只好从东门杀出,刘备的家属全都困于城中。

刘备这边得知消息后军心涣散,无力再战的他带着残兵逃往广陵。

这时吕布与袁术又闹翻了。原来袁术答应吕布,只要出兵攻打刘备就给他军粮,现在刘备被打败,袁术却毁约了。吕布恨袁术言而无信,就与刘备重归于好,并让他屯兵在小沛城。

袁术得知吕布与刘备和好又想出一条离间计,他派人到徐州表

39. 徐州混战

示愿意与吕布结为姻亲，还答应给吕布粮草。吕布贪图小利，便答应了袁术的请求。

不久，袁术派部将纪灵去攻打刘备，刘备立即派孙乾向吕布求援。

吕布一开始不愿意支援刘备，后来孙乾向吕布揭露袁术的阴谋，说小沛城不保的话，徐州也会很快失陷。吕布恍然大悟，亲自带兵援救刘备。

纪灵带着大军刚来到小沛城下，吕布也带兵过来了，他把纪灵和刘备都叫到自己营中，设了一个局。

吕布派人将方天画戟插在百步开外，然后对二人说："只要我能射中画戟，你们两家就停战；如果射不中，要打要杀与我无关。二位要是不听我的话，我就把他当仇敌。"纪灵和刘备听后都没有异议。

结果,吕布真的射中画戟,在场的士兵禁不住大声喝彩,刘备也展露笑颜,只有纪灵面露难色。吕布于是写了一封信让纪灵带给袁术,纪灵这才放心撤军离开了。

袁术看完吕布的信大怒,但又不好再与他撕破脸,只能与他假意通好。随后袁术派孙策去平定江东。

孙策是孙坚的长子,很喜欢结交朋友,他与胸怀大志的周瑜一见如故,结为兄弟。

孙策十七岁时,父亲孙坚战死,袁术从孙策母亲手中抢走了传国玉玺,孙策忍辱负重拜见袁术,让他归还父亲的旧部。但袁术几番推辞最后只拨给孙坚一千多人。

孙策在袁术手下为他击败了不少敌人,袁术答应给他加封官职,但没有一次信守承诺。孙策十分怨恨袁术,无奈兵力不足,只好将仇恨放在心底。

不久,朝廷派遣侍御史刘繇为扬州刺史,扬州的首府寿春是袁术的地盘,他当然不肯接受,于是派人去攻打刘繇,但是屡攻不下。

这时孙策对袁术说:"我愿意带兵帮助征讨横江,等横江攻克之后,我再招募士兵回来助您平定天下!"袁术觉得孙策势力单薄不会有什么作为,就答应了他的请求。

没想到孙策一路过关斩将,打了不少胜仗,而且成功打败刘繇。孙策的部众也从一千多人发展壮大到两万多人,他的威名震彻江东。

后来,孙策又平定会稽,他的势力进一步扩大,此时孙策已经足以与袁术抗衡了,他不再听命于袁术。

袁术得知消息大怒,想率兵攻打孙策,但纪灵等人劝他应该先攻占徐州再讨伐江东。于是袁术又设计离间吕布与刘备,刘备自知敌不过吕布便带着一家老小投奔曹操去了。

曹操此时正网罗天下人才,他见刘备来投奔,立即将他迎入,

39. 徐州混战

设宴殷勤款待。曹操手下的谋臣程昱看出刘备并非凡人，劝曹操除掉刘备，曹操没有听从。

第二天，曹操举荐刘备为豫州牧，并拨数千士兵给他，让他到沛城就任，向东攻打吕布。刘备随后就带着家眷赶往沛城。

曹操本想襄助刘备攻打吕布，突然传来警报说张济的侄子张绣与刘表联合来犯。曹操大兴兵马前去讨伐张绣，没想到张绣见曹操兵强马壮，随即投降了。曹操自然答应了他的请求。

只是张绣投降后，曹操没有退兵，仍然驻扎在宛城。他见张绣的婶婶邹氏妩媚动人就派人将她抓入营中，整日与邹氏寻欢作乐。

张绣得知曹操霸占了自己的婶婶，不由得怒气冲天，便与部下商议准备夜袭曹操大营。

曹操没料到张绣反叛，因此毫无防备。叛乱发生后，典韦为了替曹操争取逃跑的时间挺身挡住大门，杀死好几十人，最后因寡不

敌众被杀害,曹操的长子曹昂也被张绣等人杀害。

曹操这次死里逃生可谓十分幸运,但他却痛失儿子和爱将,尤其是得知典韦战死,曹操痛哭流涕,还亲自祭奠他。

随后,曹操整顿好兵马准备攻打张绣,这时突然传来袁术称帝的消息。曹操不禁嘲笑道:"此人也配做皇帝吗?"

不久,袁绍派人给曹操送来一封信,信中言语傲慢,曹操看完气得不行,但又不敢拿袁绍怎么样。

几天后,曹操将袁绍的书信拿给荀彧看,说道:"我想讨伐袁绍,无奈兵力太弱,现在该怎么办呢?"

这时郭嘉正巧进来,他从多方面分析曹操的优势,提出"公有十胜,绍有十败"。曹操听了郭嘉的分析信心十足。随后郭嘉又建议曹操趁袁绍与公孙瓒对峙之时消灭吕布这个心腹大患,曹操当然赞同。

不过曹操听闻吕布与袁术结亲,担心袁术支援吕布,于是改用反间计。他派人给吕布送去朝廷的诏书,封吕布为左将军。

吕布还未收到朝廷的诏书,袁术就派人来向吕布求亲了。吕布乐得答应,连夜送女儿跟着袁术的使者前往扬州。

吕布的女儿前脚刚走,后脚朝廷的诏书就送来了。吕布很后悔,立马派人将女儿追回,还杀害了袁术派来的使者。

没多久,袁术就收到吕布悔婚的消息,他暴跳如雷,立即派兵攻打徐州。谁知袁术实力不济,被吕布杀得大败。

40. 吕布殒命

曹操得知袁术被吕布打败，也想趁机除掉袁术，于是亲自带兵征讨。

袁术在与吕布大战后已经元气大伤，他抵挡不住曹操的进攻，灰溜溜渡河逃走了。

班师途中，曹操收得一员大将许褚，便命许褚为先锋，陆续攻克湖阳、舞阴。正准备围攻穰（ráng）城时，突然接到荀彧的来信，说袁绍打算攻打许都，让曹操速速归来。

曹操回到许都后派人去探查袁绍大军的消息，得知对方还没出发，这才稍稍放心。这时曹操又收到刘备的来信，说吕布正攻打沛城，请求发兵支援。

原来吕布又与袁术通好，一起进攻刘备。曹操立即派大将夏侯惇带兵救援刘备，结果夏侯惇在半路上被吕布的部将高顺等人偷袭，将士四处逃散，夏侯惇也被射中一只眼，只得败走。

接着，高顺等人顺利攻破沛城，刘备的妻儿全部被俘，刘备则狼狈逃往梁地，他的部下也所剩无几了。曹操得知消息只好亲自带兵救援刘备，刘备见曹操领兵赶来无比感激。

曹操大军进攻的第一站便是彭城，很快就取得胜利。曹操下令屠杀彭城官民，然后领军进攻下邳。

广陵太守陈登率兵与曹操大军会合，曹操命他为先锋，大军浩浩荡荡杀到下邳城下。吕布亲自率兵迎战，不料连连失利，于是带兵退回城中不敢再出来。

曹操率兵日夜围攻，关羽、张飞也召集残兵来与刘备会合，两路大军合力攻城。

吕布登城俯瞰，见曹操的军队像蚂蚁一样密密麻麻，不免心惊胆战。这时，一支箭射上城楼来，上面绑着一封信。吕布拆开来看，正是曹操的劝降书。

吕布看完信动了投降的念头，但他手下的谋士陈宫之前背叛过曹操，他担心自己没有生路，极力反对吕布投降。吕布一时拿不定主意便暗中派人向袁术求救，袁术记恨吕布出尔反尔，回复使者只要吕布把女儿送来就派兵援救他。

吕布想将女儿送去出嫁，但又没办法冲破曹操大军的包围圈，只好退到城中另寻他法。

一个月过去了，曹操仍没有攻克下邳，于是萌生了归意。郭嘉见状向曹操献计道："主公不如决堤，引沂（yí）水、泗（sì）水淹下邳城。"曹操听了郭嘉的话大喜，立即调派将士引水灌城。

吕布日夜守城不敢怠慢，谁知不到一天，城中就变为水乡。他登到高处望见满城的大水，心中感到恐慌。

一天早晨，吕布照镜子发现自己消瘦了不少，以为是自己喝酒过多导致的，于是下令全城禁酒。

不久，吕布的部将侯成丢了马，后来失而复得，诸将向侯成送来酒肉道贺，侯成担心违背军令，先将酒肉献给吕布。

吕布大怒说："我下令禁酒，你们偏偏向我献酒，完全没把我放在眼里，是不是想谋害我！"说完便命人将侯成狠狠打了一顿。

侯成既愤怒又害怕，于是与宋宪、魏续等人背叛了吕布。他们

40. 吕布殒命

抓了陈宫，打开城门投降。

吕布见大势已去，便对着部众说："你们取了我的首级交给曹操，还可以邀功得赏。"吕布的部众不忍心这么做，他们劝吕布一同投降曹操。

吕布没有办法，只得投降，他被人五花大绑押到曹操面前。吕布对曹操说："我现在对明公心服口服了，明公要是收我做帮手，我定能帮您取得天下！"

曹操听了吕布的话颇为心动，正巧这时刘备进来，曹操询问刘备如何处置吕布。刘备一边笑一边回答说："明公难道没有听过丁原、董卓的事吗？"曹操听后连连点头。

吕布指着刘备说道："大耳朵的人是最不讲信义的，真是可恨啊！"

随后，曹操就下令将吕布、陈宫等人拖出去斩首，吕布的家人

和投降的部众全部得到赦免。

话说孙策占领江东后不再听命于袁术,两人就此绝交。

而袁术称帝后只顾享乐,不管百姓死活,后来又连连战败,军马粮草全部被刘备夺去。穷途末路之下,他想喝一口蜜浆都无法得到,痛心至极的袁术大叫道:"袁术!袁术!你为何沦落到这样的地步!"说完便口吐鲜血而死。

袁术的妻儿护送棺椁前往投奔庐江太守刘勋。前广陵太守徐璆得知袁术有传国玉玺,就从袁术妻儿手中夺回交给朝廷。

孙策率军攻打庐江大获全胜,俘虏了袁术与刘勋的家人,他下令将他们释放并好生照料。袁术的一些部将也向他投降,孙策命人好好善待。

孙策在行军途中探得有一乔公,他的两个女儿都是倾国倾城的美人,于是派人送去聘礼。乔公将一对姐妹花送来,孙策娶了大乔为妻,周瑜则娶了小乔。

曹操灭了吕布、占领徐州,心情大好,他带着刘备去拜见献帝。献帝按辈分应该称刘备为叔叔,因此对刘备慰劳有加。

曹操也非常器重刘备,还举荐他为左将军。刘备见曹操在朝中一手遮天,心怀不满,但因为自己兵力甚微,无法报国,所以只能默默忍受。

献帝自己被曹操玩弄于股掌也心有不甘,他让董贵人秘密制作了一条玉带,将手书藏于其中,赐给了亲信董承。

董承心知肚明,看了密诏以后联络几个信得过的大臣一同起事,因为刘备是皇室宗亲也被邀请加入。

但刘备认为曹操势力太大,不能操之过急,而且他也害怕曹操起疑心,于是在后院种菜,韬(tāo)光养晦(huì)。

后来,刘备主动请缨去拦截袁术。到徐州时,他拦截了袁术的

40. 吕布殒命

辎重，又设计进入下邳，再次占领了徐州。

为了防止曹操来攻打自己，刘备又派人与袁绍联络，一同攻打对抗曹操。袁绍刚刚除掉公孙瓒、吞并幽州，正想攻打曹操，他收到刘备的来信，爽快答应与他结盟。

袁绍派人将公孙瓒的首级送入朝廷，曹操当着使者的面斥责袁绍擅自攻打幽州。袁绍听到回报十分恼怒，他不顾部众的反对，坚决发兵攻打曹操。

曹操听闻消息也开始调兵遣将，安排好一切迎战袁绍，他还派人招抚张绣与刘表。

这时，袁绍也派人招抚张绣。张绣一时无法抉择，幸好谋臣贾诩陈述利害，劝张绣投靠了曹操。曹操不仅不计前嫌，还重用张绣，甚至与他结为姻亲，张绣当然高兴极了。

41. 官渡之战

曹操招降张绣以后,就派祢衡前往荆州招降刘表。这祢衡本是天下奇才,但十分狂妄自大,曹操忍受不了他的脾气就派他到刘表那里,想借刘表之手杀了他。

突然有人报告曹操说刘备勾结袁绍,准备袭击都城。曹操听后大怒:"刘备擅自杀我大将,我正要讨伐他,他还敢来攻打我吗?"

随后,曹操派兵去攻打刘备,但刘备轻易就将曹操的军队击退。因为已经临近年末,曹操准备过完新年再亲自带兵攻打刘备。

车骑将军董承见曹操日益专横,整日想如何除掉他。他一面派人给刘备送去书信,愿意与刘备里应外合,一面与亲信日夜筹备。

不料事情败露,曹操杀掉了董承等密谋之人,并诛其三族。董贵人是董承的女儿,怀有几个月的身孕,献帝向曹操求情,曹操仍将她杀害。献帝痛苦至极,但也只能眼睁睁看着曹操为所欲为。

曹操杀害了董承等人就亲自整顿兵马攻打刘备。刘备听闻消息,自知寡不敌众,急忙派人向袁绍求援。

可袁绍却因小儿子生病,心情不悦,不愿出兵。袁绍的部下田丰劝谏说:"曹操和刘备正在交战,我军趁机袭击许都,既可以杀掉刘备,又可以消灭曹操。"

袁绍仍然不肯出兵,他遣回刘备派来的使者,只说等儿子病好

41. 官渡之战

了才能派兵援救。

田丰见袁绍一意孤行,无奈说道:"想要得到天下,却因为儿子生病错失良机,岂不是太可惜了吗?"

刘备等不到袁绍的援兵,只好与张飞出城迎战,但很快被曹操击败。他与张飞失散,只身逃往青州。

曹操攻下小沛城后,转攻下邳,下邳由关羽把守,刘备的两位夫人也住在城中,关羽几次带兵杀出都被曹军击退。

曹操非常欣赏关羽,一直想收他为己用,于是派人去劝关羽投降。关羽为了刘备夫人的安全,只好答应。

但关羽投降也是有条件的,他与曹操约定只降汉不降曹,要是知道了刘备的下落就要离开,等等。曹操为了留住关羽,答应了他的所有要求。

曹操回都以后,对关羽更加厚待,五天一大宴,三天一小宴,还将吕布的赤兔马转赠给他。但无论曹操对关羽多好，关羽还是心系他的大哥刘备。

刘备战败后投奔了袁绍，袁绍将刘备迎进冀州，接着就准备攻打许都。

可部将田丰却反对此举，他认为曹操现在防守严密，士气正盛，不宜与他全面开战，而是应该寻找机会分兵而出，打持久战消耗他的兵力。结果袁绍不肯听从田丰的劝谏，还将他关进牢里。

不久，袁绍就派出十多万兵马进攻黎阳，又派大将颜良攻打白马城。曹操得知袁绍大军来袭，亲自率兵迎敌，关羽也随曹操出征。

关羽首战就表现非常出色，他斩杀了大将颜良，敌军瞬间大乱，曹操随后领兵追击，大获全胜。

袁绍听说颜良战死，顿时大怒，立即渡河追击曹军。袁绍军中大将文丑与颜良关系很不错，他为了替颜良报仇，主动请求充当先锋。结果文丑在与关羽交战时也被一刀斩杀，曹军又一次获胜。

袁绍接连损失两员大将，很是气愤，后来得知他们是被关羽所杀，更是怒气冲冠，直接叫来刘备问罪。

刘备能言善辩，他对袁绍说自己可以召回关羽一同消灭曹操。袁绍被他说得心动，便命刘备想办法将关羽招到自己营中。

关羽接到刘备的信后，立即向曹操辞别，而曹操也信守当初的承诺放关羽离开了。关羽护送着两位嫂夫人在半路上遇见了张飞，众人又一起去投奔刘备。

曹操和袁绍对阵一段时间后，不分胜负，两军各自在营地坚守。

再说孙策吞并江东后假意与曹操交好，他得知曹操与袁绍正在对战，也想趁机偷袭许都，迎回献帝。

孙策平日里喜欢微服出巡，外出打猎。一天，孙策去西山打猎时碰上仇家寻仇，结果脸被毒箭射伤，大夫嘱咐孙策必须静养一百

41. 官渡之战

天才能痊愈。

可孙策年少气盛,怎么肯静养一百天呢?没多久他就因一些小事发怒,最终毒发身亡,年仅二十六岁。孙策临死之前嘱咐部下好好辅佐他的弟弟孙权,并让孙权努力成就大业。

孙权即位后,张昭、周瑜等人尽心辅佐他,江东一带还算安定。

曹操得知孙策的死讯便想攻打江东,但他的部下劝谏说这时候出兵是乘人之危,一旦失败反而会成为仇敌,不如笼络孙权。曹操因此上疏朝廷封孙权为讨虏将军,还派侍御史张纮去辅佐他。

曹操笼络孙权以后就准备与袁绍在官渡决战。袁绍这时屯兵在阳武,也想与曹操决一死战。沮授劝谏他应该与曹操打持久战,坚守不动,等曹军粮食耗尽,再一招制敌。

奈何袁绍根本不听劝,他率军直逼曹军,凭着一股锐气将曹军逼得节节后退。幸好曹操亲自率精兵救援,这才击退袁绍的军队,收兵回营。

后来,双方交战数次还是不分胜负,僵持了一个多月。曹操营中的士兵渐渐疲乏,再加上粮草供应不足,不少士兵都产生了归意。

曹操自己也快丧失信心,他派人写信给谋士荀彧询问他是进还是退。几天后,荀彧回信劝曹操必须抓住机会出奇制胜,曹操听了荀彧的话继续坚守。

不久,曹操探知袁绍派人到冀州运粮,于是命徐晃和史涣领兵前去截击,最终成功烧毁袁军数千辆粮车。

袁绍得知消息火冒三丈,只好继续派兵运粮。这一次他加派人手护送,并将粮食囤积在乌巢。

这时,袁绍的谋士许攸(yōu)劝谏说:"我军现在可偷袭许都,曹操到时候必定两头奔波,这样一来取胜就容易多了。"但是袁绍没有听从许攸的建议,还将他狠狠数落了一顿,许攸又羞又气,知

道跟着袁绍没前途，于是投奔曹操去了。

曹操与许攸是旧相识，他见许攸来投靠，十分欢迎。

许攸当场就给曹操献上一计，他对曹操说："袁绍的辎重粮草都在乌巢，你派兵去烧毁，不出三天，袁绍的军队自会大乱。"

曹操听后大喜，立即制订计划。他派兵在夜里发动偷袭，一把火烧了袁军的粮草，袁军失去军粮，顿时军心大乱。

接着，曹操鼓励士兵对袁军发起猛攻，大破袁军，袁绍手下的士兵先后向曹操投降。

这一战袁绍损失惨重，元气大伤，再也无法与曹操抗衡了。袁绍战败后抑郁成疾，不久便病死了。袁绍临终前将希望寄托在他的三个儿子身上，但这三个儿子很不团结，后来接连被曹操打败，袁氏家族的基业就这样毁于一旦了。

42. 刘备三顾茅庐

刘备在曹操与袁绍展开大战的时候找了个机会开溜了，后来他与赵云、关羽、张飞等人重逢。这一次夫妻团圆、兄弟欢聚，刘备别提多高兴了，仿佛有重见天日的感觉。

后来，刘备带着部众投奔荆州牧守刘表。刘表与刘备同为汉室宗亲，见刘备来投奔还是非常欢迎的。

转眼间刘备在荆州待了数年，当初曹操攻打袁绍时，刘备劝刘表趁机偷袭许都，刘表胸无大志不愿冒险。后来袁氏灭亡，曹操回到邺城，刘表又后悔了。

一次，刘表宴请刘备，中途刘备起身上厕所，见自己腿上长满赘肉，不禁潸然泪下。回到座位上，刘表见刘备脸上挂满泪痕，忙问原因。

刘备回答说："我以前不曾离开马鞍，所以没有赘（zhuì）肉，如今却赘肉横生。岁月如梭，我已经年老了，却没有丝毫作为，怎么能不悲哀呢！"

刘表听了刘备的话颇有感慨，于是派他屯兵在新野。刘备到了新野后与颍川人徐庶相遇，徐庶才华出众，得到刘备的器重。

凑巧这时曹操派夏侯惇等人领兵来攻，徐庶为刘备出谋划策，杀得夏侯惇等人七零八落，逃回邺中去了。从此，刘备更看重徐庶了。

一天，徐庶对刘备说："南阳有一个人叫诸葛孔明，世人称他为卧龙，将军想见他吗？"

刘备回答道："世间有这样的名士，怎能不见呢？他与你相比如何呢？"

徐庶回答道："孔明曾经将自己比作管仲、乐毅，我怎么能与他相比呢？"

刘备听了徐庶的话，对诸葛孔明这个人非常感兴趣，于是他让徐庶将诸葛孔明请到自己营中。

徐庶摇头说道："此人必须将军亲自去请，或许他肯出来效力，否则就是别人带着厚礼前去邀请，卧龙也未必出山呢！"刘备听后，立即带着关羽和张飞直奔南阳。

刘备一行打听了一圈没找着孔明，只遇到了襄阳名士司马徽（huī）。刘备见司马徽气质非凡，于是请求他出山帮助自己。

司马徽回答说："我这个山野村夫没什么才能，识时务者须为俊杰，这里有伏龙、凤雏（chú）都是济世奇才，得到其中一人便可平定天下。"

刘备问伏龙、凤雏是谁？司马徽说他们一人是诸葛亮，一人是庞士元，并嘱咐刘备必须诚心邀请，对方才会出来相见，刘备唯唯受教。

过了一天，刘备去往隆中拜访诸葛亮。诸葛亮知道刘备前来，不肯相见。第二次刘备来求见，仍将他拒之门外。直到刘备往返三次，诸葛亮才出来相见。

刘备见诸葛亮身长八尺，貌秀神怡，头戴着纶巾，飘飘然如神仙一般，不禁肃然起敬。两人寒暄一番后，刘备直抒来意，希望诸葛亮出山辅佐自己。

诸葛亮一再推辞，刘备接着说道："现在奸臣当道，我想为天

42. 刘备三顾茅庐

下讨回正义,只恨自己才疏学浅,一事无成,只好请先生赐教了!"

诸葛亮听完便分析了一下天下的局势,他对刘备说道:"曹操兵多将广,此时不能与他相争;孙权占据江东,根基已经牢固,可以与他结盟;荆州和益州是最理想的根据地,占领这两处地方才能有机会成就霸业!"

刘备听了诸葛亮的分析,顿时茅塞顿开,极力劝说诸葛亮出山相助。诸葛亮仍然再三推辞。

刘备失落极了,说道:"先生有如此才能,却不愿意出山,这是我的不幸啊!汉室注定要灭亡了!"说到动情处,刘备竟然哽咽痛哭起来。诸葛亮见状十分感动,最终答应出山。

诸葛亮的妻子黄氏相貌丑陋,但德才兼备,诸葛亮一点都不嫌弃妻子长得丑。他出山后,让弟弟在家侍奉嫂嫂,自己与刘备等人一同回到新野。

此后,刘备便将诸葛亮当作老师,两人的关系越来越密切。

关羽和张飞见刘备对诸葛亮这般优待,颇有异议,刘备则对他们说:"我得了孔明,如鱼得水,你们不用再有异议了。"

过了几天,刘表突然来信,邀请刘备到荆州商议军事。刘备便带着诸葛亮一同前去了。

原来是孙策为了替父报仇,消灭了黄祖,占领了江夏大部分地区。刘表十分担心,邀来刘备一同防备东吴。诸葛亮早已料到刘表的用意,于是劝刘备模糊应对。

刘备见了刘表,只说应该先打探军情,再想办法御敌。刘表立即派人前去打探,得知孙权已经撤军退回,这才放下心。

刘表邀请刘备喝酒,席间刘表对刘备说道:"我已经年老了,我的儿子们又没有什么才能,看来我死后,要把荆州交给你了!"刘备听了这话大惊失色,连忙站起身来推辞。

不久,刘表的长子刘琦来拜访刘备,刘琦因生母早死,害怕后母加害自己,所以来向刘备求助。

刘备假装生病,没有亲自见刘琦,而是派诸葛亮去见他。刘琦向诸葛亮言明自己的处境,并求诸葛亮指教。诸葛亮为人谨慎,不愿掺和此事,刘琦苦苦哀求,诸葛亮才劝说他去外地驻守保全性命。

后来,刘备向刘表进言派刘琦去镇守江夏,刘表点头答应。为了防备曹操大军南下,刘备又主动提出率兵驻扎在樊城,刘表高兴地答应了他的请求。

刘备于是带着亲眷前往樊城,当时刘备的夫人甘氏已经生下一个儿子,取名为刘禅,乳名叫阿斗。

刘备到樊城一段时间后收到了刘表病重的消息,当时诸葛亮正好外出,刘备带着赵云匆匆赶往荆州。

刘备见刘表生命垂危的样子,不禁痛哭起来。刘表向他交代后

42. 刘备三顾茅庐

事,刘备回答道:"我定会全力辅佐公子,不辜负你的重托!"说完就退下了。

这时,刘表的小舅子蔡瑁想除掉刘备,幸好刘表有一个手下伊籍与刘备关系很好,他偷偷对刘备说:"蔡瑁要加害你,你快逃吧!"

刘备听后,立即骑着的卢马飞奔逃走。有人说这的卢马不利于主人,但正是这匹马带着刘备越过宽广的溪面,刘备才捡回一命。

不久,伊籍来到樊城告知刘备说刘表已经去世,刘琦因探病被拒绝回到江夏,蔡瑁等人已经立刘表的次子刘琮(cóng)为主了。

诸葛亮在一旁叹息道:"刘琮这样的人怎么能守得住荆州呢?如果不早点谋划,荆州迟早落到曹操手里。"

伊籍也说:"何不借吊丧之名夺取荆州呢?"诸葛亮听后拍手赞成,唯独刘备不愿这样做,只是派使者到荆州吊丧。

43. 赤壁之战

话说曹操平定河北后便想着夺取荆州,他担心朝中大臣反对他,索性上奏罢免三公,自己做丞相。大中大夫孔融反对曹操出兵,曹操便设计将他害死,孔融的妻子和两个儿子也没能逃脱魔掌。

曹操大军才到宛城,荆州城内外就惶恐不安,蔡瑁等人手足无措,只得劝说刘琮投降。刘琮昏庸无能,哪有什么主见?刘琮的母亲蔡氏也急得没办法,不得不顾全性命,将荆州献给曹操。

刘备得知刘琮投降,急忙与诸葛亮等人商量对策。诸葛亮进言说:"如今上策莫过于占领襄阳,下策则是前往江陵。"但刘琮已经前往襄阳迎候曹操,刘备为了保全刘琮,决定前往江陵。

刘备路过襄阳时在城下呼喊刘琮,刘琮不敢出来相见,蔡瑁还派人射击刘备。刘备心灰意冷,对着刘表的坟墓拜别,含泪离去。当地的百姓见刘备如此仁慈,竟然都抛弃故园跟随刘备同行。

刘备抵达当阳时,部众已经有十多万,辎重也有数千车,因此行军速度十分缓慢,每天只能走十几里。

众将士都劝刘备舍弃百姓,加快行军速度。刘备不忍心这样做,他听取诸葛亮的建议派关羽赶去江夏借战船,前来接应。

不久,曹操率军追上来了!刘备立即令张飞断后,赵云保护家人,孙乾等人照顾百姓,自己与诸葛亮、徐庶等人同行。

43. 赤壁之战

原来曹操进入襄阳后就将刘琮调往青州,并一一剪掉刘琮的羽翼。之后曹操率军日夜兼程,追赶刘备,最终在当阳追赶上。

曹军来势汹汹,单凭一个张飞怎么能拦得住呢?众人很快就被曹军击散,赵云冲入乱军一阵厮杀,最后救出甘夫人和小阿斗,糜(mí)夫人身受重伤,为了不拖累大家,自己跳入枯井中以身殉难。

赵云等人赶到长坂坡与张飞会合,张飞让他们先走,自己断后。

等到赵云等人过了桥,不一会,曹军就云集而来。张飞令手下二十多人在桥后埋伏,自己拿着长矛站在桥上,瞪着眼睛大呼道:"我是燕人张翼德,谁来与我决一死战!"

这声呼喊,好似一道晴天霹雳,吓得曹军纷纷倒退,没一个人敢上桥与之争锋。张飞吓退曹军后,毁掉桥梁,策马回去见刘备了。

刘备等人一路狂奔,幸好有张飞断后,才逃过曹军的追击。后来,刘备与甘氏母子团聚,得知糜夫人去世,不禁百感交集,潸然泪下。

　　众人来不及伤感，曹军已经追来，在这危急时刻，关羽来接应刘备了。不久，江夏太守刘琦也率领战船前来相会，关羽、张飞、赵云指挥士兵上岸一起朝曹军杀去，成功击退曹军。

　　徐庶的母亲在混战中被曹军抓去，徐庶痛哭流涕。为了保全母亲性命，徐庶改投曹操，刘备很是不舍，徐庶向刘备许诺绝不会为曹操出谋划策。

　　刘备到了夏口与东吴使臣鲁肃相遇，鲁肃劝刘备与孙权联合，共同抵御曹操。刘备权衡之下，派诸葛亮跟随鲁肃一同去见孙权。

　　诸葛亮跟随鲁肃来到东吴，孙权热情接待了他。孙权此时有些犹豫不决，他不知是与曹操开战，还是与他讲和。

　　诸葛亮见状，先是采用激将法劝说孙权出战，接着又详尽分析了曹操的劣势。孙权被诸葛亮成功说服，于是答应联合刘备抗曹。

　　东吴群臣获悉大惊失色，长史张昭更是强烈反对，鲁肃让孙权召周瑜前来商议。周瑜正在鄱阳湖操练水军，收到诏令立即赶来。

　　得知周瑜也主张攻打曹操，孙权更加坚定抗曹的决心了。第二天，孙权就命周瑜、程普为左右都督，鲁肃为赞军校尉，领兵三万与刘备相会，合力抵抗曹操。

　　周瑜领军到了樊口，刘备乘一艘小舟前来相见。见周瑜成竹在胸的样子，刘备夸赞了几句，随后就去安排将士一起攻打曹操。周瑜领军继续前进，大军抵达赤壁时与曹操的前锋相遇。两军交战，曹军战败退去。

　　两军隔岸对峙，周瑜驻扎南岸，曹操驻扎北岸。曹军多为北方人，不服南方水土，而且不习惯坐船，常常呕吐不止，没多久就筋疲力尽，失去战斗力。此时周瑜也没有多少胜算，只是派人观察曹军的动静。

　　转眼间过去十多天，曹操为了解决将士晕船的问题终于想出来一个办法，他派人用铁索将战船连起来，这下战船不再摇晃了。

43. 赤壁之战

吴将黄盖得知曹军动静，便向周瑜献计采用火攻。周瑜回复道："我也正有此意，但是想要火攻，就必须靠近曹操的战船，我们现在根本靠近不了啊！"黄盖提出使用诈降计，周瑜鼓掌同意。

接着，黄盖派人给曹操送去投降信，曹操反复看过后问吴使："你是由黄盖派来的，莫非黄盖是诈降？"吴使极力陈说黄盖的诚意，曹操终于相信黄盖是真心归顺的。

黄盖得知曹操上当大喜，便立即挑选了十艘船，并准备好干柴，上面浇上火油，再盖上布幔，等待周瑜的命令。

周瑜迟迟不敢下令，只因为当时是冬天，常有西北风，很少有东南风，而曹军在北边，不起东南风怎么放火呢？

后来，周瑜请诸葛亮前来密商。诸葛亮熟知天文，他对周瑜说道："孔明不才，能够呼风唤雨，我作个法就能求来东南风。"

周瑜大喜过望，便请诸葛亮开坛作法，过了一天一夜，果然有东南风渐渐刮起。周瑜十分惊讶，派人去见诸葛亮，不料诸葛亮已经驾着一叶扁舟找刘备去了。

诸葛亮借来东南风，周瑜底气十足，立即下令在夜里行动，他让黄盖再次写信给曹操约定夜里投奔。

曹操得了书信深信不疑，一直等到黄昏，亲自率军出营，眼巴巴地望着黄盖来投降。

不久，曹操望见对岸有许多战舰顺风而来，高兴地说道："黄盖来投降了！"谋士程昱、贾诩等人提醒他说："现在东南风刮得厉害，要是敌军借风放火，我们如何抵挡啊？"

这句话点醒了曹操，他急忙下令戒备，可为时已晚。东吴的火船径直冲向曹军战船，火势随风扩散，曹军战船瞬间被大火点燃。

由于曹军的战船是连在一起的，所以很快便烧成一片，船上的士兵来不及逃跑，只好"扑通、扑通"跳入水中。

曹操在张辽的掩护下登上一艘小船逃走了，残余部队也驾着几艘船跟随在后。哪知东吴的水军紧追不舍，曹军抵挡不住，死伤大半。一时间赤壁山成了火焰国，扬子江里全是死去的士兵。

曹操在水上逃了数十里才敢登岸，慌乱中寻了一匹快马向北狂奔。东吴的士兵也上岸追击曹操，但对方援军陆续赶到，他们掩护曹操，边战边逃。

刘备派出关羽、张飞、赵云沿路追杀曹操。曹操率领部众数次杀出重围，等到天明检点人数，只剩几千名骑兵了。

曹操带着残众狼狈逃到南郡，看着所剩无几的士兵仰天长叹道："如果郭嘉还在，我就不会落得如此地步了！"众将听了曹操的话都很惭愧。

等到第二天，曹操命令曹仁、徐晃留守江陵，乐进驻守襄阳，自己则返回许都去了。

44. 既生瑜,何生亮

不久周瑜领兵到达南郡,与曹仁隔江相持。两军数次交战,周瑜跃马当先振奋士气,最终夺取江陵,曹仁弃城逃跑。

刘备采用诸葛亮的计策,分别派关羽、张飞、赵云前去攻打武陵、长沙、桂阳、零陵,经过三位将领的奋力厮杀,成功占领这四郡。

曹操得知江陵失守,又惭愧又懊恼。后来,曹操派与周瑜交好的蒋干去劝说周瑜为自己效力,但是并没有成功。曹操没有办法,只好先休养生息,江东也因此安然无事。

鲁肃回到吴地后,向孙权报告说这次赤壁之战能够取胜,多亏了刘备相助,以后也应该与刘氏合作共同抗曹。孙权正有此意,他听说刘备的夫人去世,就想将自己的妹妹嫁给刘备。

刘备也有意与东吴结盟,于是高兴地答应了这桩婚事。双方谈妥之后,刘备亲自去东吴迎亲。

临行之前,诸葛亮嘱咐刘备要提防周瑜,并且速速返回。为了保障刘备的人身安全,诸葛亮还将赵云调回,让他跟随刘备同行。

刘备到达江东后,孙权亲自前来迎接,两人虽是初次见面,但相谈甚欢。孙权选定了一个良辰吉日,让妹妹与刘备在东吴成亲。

婚礼结束后,刘备在东吴住了一个多月,虽然身处温柔乡,但他也时刻惦记着荆州之事。

一天,刘备见过孙权,请求将荆州借给他作为根据地。孙权没有过多考虑就慷慨地答应了刘备的请求。刘备起身答谢并表示想立即回去,孙权一再挽留,刘备只能继续住下。

后来此事被周瑜知道了,他立即写了一封信给孙权,大意是说刘备手下能人众多,以后必不会屈居人下,要是把荆州借给了刘备,刘备更是如虎添翼,不好对付了。

孙权收到周瑜的书信,叫来鲁肃等人商议。鲁肃劝谏孙权说:"曹操正想夺取荆州,现在把荆州借给刘备,并让他回去抵挡曹操,这才是上计。"

孙权听了鲁肃的话觉得很有道理,就放刘备回去了。孙权设宴为刘备饯行,刘备与孙权畅饮一番后就带着孙夫人乘船离开了。

恰好周瑜回到吴地,他询问孙权为何放走刘备,孙权说是为了抵御曹操。周瑜又向孙权提出夺取巴蜀的建议,并指出只要得到巴蜀,就可与马超结盟,接着夺取襄阳,向北攻打曹操。

孙权听了周瑜的计划连连称好,并让周瑜整顿军马,准备攻打蜀地。不料周瑜在返回江陵的途中生了大病,他请求孙权写信给刘备,免得受到牵制。

孙权当即派人送信给刘备,大意是说想与刘备合力先攻打刘璋(zhāng),再攻打张鲁,以便统一南方。

刘璋与刘备同为汉室后裔,刘备不想与他结仇,于是请示军师诸葛亮如何回应孙权。诸葛亮建议先用缓兵之计,写信回复孙权,然后慢慢图谋。

孙权将书信寄给周瑜,周瑜怎么肯罢手,仍然领兵出发。大军到达夏口时,远远望见前面有一排排战舰挡住去路,上面是荆州牧刘备的旗号。

刘备对着东吴将士大声说道:"你们要想攻打蜀地,请从其他

44. 既生瑜，何生亮

地方绕行，我已经写信给孙将军了，劝他收手，我刘备绝不做失信于天下之人啊！"

周瑜得知消息，不由得异常气愤。周瑜本就大病未愈，哪禁得起这般动怒？随后便口吐鲜血，昏倒在地。

不久，奄奄一息的周瑜醒过来，他知道自己命不久矣，于是口述遗言，可说了几句就气喘吁吁，忽然他大声喊道："既生瑜，何生亮？"说完这句话就去世了，年仅三十六岁。

孙权收到周瑜的死讯，泪流满面，叹息道："公瑾（jǐn）雄才大略，现在突然去世，我还能依靠谁呢？"后来孙权根据周瑜的遗言，命鲁肃为奋武校尉，到巴丘接管周瑜的军营。

鲁肃在上任途中会见了寻阳令吕蒙，吕蒙少时喜欢习武，不喜欢读书，后来经过孙权耐心规劝才专心学习。

吕蒙设宴款待鲁肃，鲁肃见吕蒙谈论古今之事很有见地，惊讶

地说道:"我没想到你现在如此有才华,不再是那个吴下阿蒙了!"

吕蒙笑着说道:"士别三日,当刮目相看,你为何这样小瞧我呢?"

鲁肃哈哈大笑,宴饮过后与吕蒙拜别。到了江陵,鲁肃仍然请求孙权将荆州暂借给刘备,孙权同意了。

曹操听说周瑜已死,欢喜不已,但又得知孙权将荆州借给刘备,不禁转喜为忧,只得暂时将攻占荆州一事放下。曹操命人在邺中造了一座铜雀台,以供游赏,并且接连下令访求人才。

不久,曹操又打算用兵,他先行派遣夏侯渊带兵与关中督军钟繇相会。

关西各将听闻此事心中生疑,尤其是年轻气盛的马超,他担心曹操征召父亲马腾入朝不怀好意,于是联合韩遂(suì)等八部兵马,合兵十万,进攻潼关。

曹操收到警报立即亲率大军攻打马超,两军在潼关相遇。曹操开始还不把马超放在眼里,没想到马超趁着曹操渡河之际率军杀去。曹军大败,曹操在许褚的拼死保护下脱困逃走。

后来,马超偷袭曹军大营,不料中了曹军的埋伏,损失不少兵马。马超经此一败,士气大减,又见韩遂等人不肯尽力,更加闷闷不乐。

曹操于是设计离间马超与韩遂,成功击败关西联军,马超与韩遂先后逃走。曹操率军追赶马超,一直追到十里开外才返回,曹操班师回朝后杀害了马腾一门两百多人。

再说益州刺史刘璋承袭父亲遗业,但他与张鲁连年作战,也担心人心不服,于是派使臣张松向曹操示好。

此时曹操刚刚打败马超,得意扬扬,他见了张松,一副趾高气扬的样子。张松回去之后极力劝说刘璋与曹操绝交,与刘备交好。

刘璋在张松的建议下派法正前去拜见刘备。法正回来之后,在

44. 既生瑜，何生亮

刘璋面前极力夸赞刘备，而张松与法正二人也开始图谋背叛刘璋投靠刘备。

不久，曹操开始攻打汉中，刘璋非常着急，张松趁机建议请刘备前来相助，刘璋欣然同意。

刘璋便派法正去荆州迎接刘备。法正到了荆州受到刘备的热情款待，双方交谈一会之后，法正便劝刘备趁机夺取益州。刘备因与刘璋是同宗，于心不忍。

副军师庞统看出刘备的顾忌，对他说道："现在硝烟四起，我们不夺取刘璋的基业，曹操迟早会夺取。要是我们夺取了益州，再厚赏刘璋，这也是在帮助他啊！"

刘备听了庞统的话有所触动，于是让法正回去复命，并约定日期见面。

这庞统就是庞士元，号为"凤雏"，他曾被周瑜推举为南郡太守。周瑜去世后又被人引荐给孙权，但孙权见他其貌不扬，没有重用。后来，诸葛亮向刘备推荐了庞统，庞统这才受到重用。

45. 刘备称王

刘备听从了诸葛亮和庞统的建议准备夺取益州，他留诸葛亮等人坐镇荆州，自己带着庞统、黄忠等人向西奔赴益州。

刘璋不顾其他人的劝阻执意迎接刘备入城，两人会面后，相处非常融洽，甚至比亲兄弟还要亲昵几分。刘璋请刘备攻打张鲁，刘备也毫不推辞。

孙权得知刘备进入益州后非常生气，派人将妹妹接回东吴。没想到曹操这时候领兵来攻，陈兵濡须坞口。孙权于是写信求助刘备，有意让他不能安心夺取益州。

刘备看了孙权的书信叫来庞统商量对策，庞统向刘备献了上、中、下三计，刘备采纳了中计。他立即派人写信给刘璋，向他借一万兵和一万斛（hú）粮食去支援荆州。

刘璋看完书信，心中很是不悦，他迎入刘备本想利用他来攻打张鲁，如今不仅没达成目的，还要借给刘备兵粮，真是不划算。但是他也不好拒绝，于是只借给刘备四千名羸弱的兵和五千斛劣质的大米。

不久，刘璋又发现张松与刘备秘密勾结，这才如梦初醒，立即下令关隘（ài）守将不得与刘备交往，刘备与刘璋正式反目。

刘备随即占据白水关，刘璋多次派兵阻击，但都失败了。刘备

45. 刘备称王

继续分派兵力攻打蜀地，只有洛城防范严密，刘备大军在此与敌军相持了一年多。

突然刘备接到急报说刘璋正派军偷袭葭（jiā）萌关，不禁焦急万分，只好写信给诸葛亮，请他派兵援助。

庞统立功心切，亲自带兵猛攻洛城，不幸中箭身亡。刘备失去庞统，如同断了右臂，他急忙派使者请诸葛亮前来商议对策。

诸葛亮本来已经派遣张飞前来相助，又听说庞统身亡，不得不亲自领兵入蜀，将荆州全权委托给关羽。

洛城被围困一年多，城中将士早已乏力，如今刘备大军一阵猛攻，很快拿下此城。

刘备准备继续攻打成都，有人禀报说张鲁派马超前来支援刘璋了。刘备听从诸葛亮的建议，派口才出众的李恢前去招降马超。

原来马超被曹操打败后向西攻占凉州，后来发生内乱马超战败，逃到汉中投奔张鲁。正好刘璋向张鲁求救，张鲁便派马超前去，明面上是支援刘璋，实际上是想除掉他。

马超到了成都，正值李恢前来招降。李恢巧舌如簧，很快说服马超投奔刘备。

刘璋得知马超叛变，心如死灰，他不愿看见百姓再受战乱之苦，于是向刘备投降。刘备封刘璋为振威将军，并让他迁居公安。

刘备占据益州之后非常高兴，不仅大封功臣，还重用那些投降的官员。

而曹操攻不下东吴，撤兵回到邺城，休息了一两年。曹操在朝时，一手遮天，享有执剑上殿、入朝不趋（qū）、赞拜不名的特权。建安十八年（213年）的时候，朝廷又封他为魏公。

然而曹操得了皇恩却不知报答，更加肆意妄为，甚至害死了伏皇后和她的两个儿子，可怜献帝看着皇后死去却无能为力。

217 /

建安二十年（215年）正月，曹操逼迫献帝立自己的女儿曹节为皇后，朝廷上下对曹操一家更加忌惮。

不久，曹操又起兵西征，意图攻打汉中。张鲁得知后想主动投降，他的弟弟张卫却不肯答应。后来张卫被曹军打败，张鲁立即带兵逃往巴中，但府库里的财物全部被封存好留了下来。

曹操见张鲁的宝库完好无损，明白了他的用意，于是派人招降张鲁。张鲁果然接受，他和他的五个儿子以及部将全都获得了封赏。

曹操占领汉中便动身回到邺城，群臣提议封曹操为王，献帝无法拒绝，只好封曹操为魏王。

到了建安二十六年（221年），曹操因孙权不服，再次发兵攻打东吴。两军在合肥大战一场，结果孙权大败，狼狈逃回。

当初孙权与刘备围绕荆州之争正僵持不下，突然前线来报，曹操亲自率领大军来到居巢，孙权得知后不得不整军迎战。曹操大军

45. 刘备称王

号称四十万,而孙权只有七万人,两军实力相差甚大,吴人大都心生畏惧。

这时,孙权的部将甘宁自告奋勇带着几百壮士偷袭曹军大营,结果没有损伤一兵一卒而大杀曹军,东吴的将士因此士气大振,孙权也重赏了甘宁。

随后,两军分别在水陆展开大战,东吴军不敌曹军,多位将领战死,孙权在周泰的拼死保护下突出重围,逃过一死。

孙权逃回后继续防守,曹操也一直没能击败孙权,两军相持了一个多月。后来,孙权权衡利弊,派人向曹操请降,曹操因江东一时难以攻下,也乐得顺水推舟答应讲和。

几十天后,东吴的大臣鲁肃病重。鲁肃此时还未满五十岁,他为了国事费心费力,结果一病不起。

鲁肃一直主张联刘抗曹,当刘备攻打益州时,孙权派人向刘备索要荆州,关羽不肯答应,鲁肃据理力争,令关羽无言以对。后来,鲁肃又与刘备直接交涉,最终双方达成协议,以湘水为界,湘水以东属孙权,湘水以西属刘备。

鲁肃在建安二十二年(217年)病逝,孙权亲自参加葬礼,荆州人士都为之惋惜,连诸葛亮都为他致哀。鲁肃去世后,吕蒙接替了他的位置,吕蒙生性狡诈,与鲁肃截然不同,他使孙权、刘备渐渐决裂。

曹操一心向西侵略,所向披靡,可上天有意三分天下,那汉中之地反被刘备趁机夺去。

原来曹操派夏侯渊、张郃、徐晃等人留守汉中,而刘备当时正让张飞驻扎在巴西。张飞用了一计,打败了曹将张郃,张郃战败逃回南郑。这时,法正向刘备进言,不如趁机夺取汉中。于是刘备留诸葛亮守成都,任用法正为参谋,自己率领诸将进兵汉中。

不久,刘备与张飞会合。刘备派张飞等人屯兵下辨,自己则率兵攻打阳平关。曹操听闻刘备攻打汉中,急忙命夏侯渊等人抵御刘备,另派曹洪领兵争夺下辨。

刘备在阳平关与夏侯渊交战数次,双方僵持不下。刘备又写信给诸葛亮,叫他派兵支援。诸葛亮立即调派两万士兵赶赴阳平关,并且派老将黄忠为统帅前往协助刘备。

黄忠率兵赶到阳平关时,刘备与夏侯渊已经相持一年多了。曹操得知刘备请来援兵,立即率领全军,直指汉中。

曹将夏侯渊有勇无谋,他不顾曹操的劝诫,执意与刘备争夺定军山,结果被老将黄忠一刀砍死。曹军失去主帅顿时溃败,刘备趁势杀得他们东逃西散,好似天崩地裂一般。

不久,曹操亲率大军来到汉水以东,刘备得知消息不禁大笑着说:"就算曹操亲自来也无能为力,我此番必定夺得汉中!"曹操与刘备隔水相持了十几天,两军一直未开战。

后来,黄忠与赵云约定劫掠曹军的粮草,黄忠先行出动,不料中了曹军埋伏,战败逃回。赵云得知黄忠战败立即带兵接应,曹军也紧追不舍逼近赵云军营。不料赵云竟然大开营门,偃旗息鼓。

曹军害怕赵云设埋伏,只好撤退。赵云见状立即发起突袭,打得曹军大败,死伤无数,还夺取了敌军不少铠甲和兵器。

曹军接连战败,又遇上瘟疫,军中将士死去不少,不少士兵已经产生退意。忽然许都传来急报,说朝中大臣不满曹操专权,发生叛乱,曹操心中烦闷不已。

这时刘备已经渡过汉水,逼近曹军。曹操本想与刘备再战,但军中将士毫无斗志,曹操自知无力再战,于是舍弃汉中,班师回朝。

汉中之战,刘备取得最后的胜利,他也从此占据汉中。后来,刘备在群臣的再三恳请下,自封为汉中王。

46. 三国鼎立

刘备称汉中王后，封赏文武百官，其中关羽、张飞、马超、黄忠、赵云五人被封为将军，他们都是刘备的得力干将。

不久，关羽提出趁势攻打襄樊，刘备同意了他的请求。

曹操得知关羽攻打樊城，立即派于禁和庞德两位大将率领七队人马日夜兼程赶去支援。关羽见樊城守卫严密，城外又有支援，一时也不敢轻举妄动。

恰巧秋凉水涨，汉江一带河水泛滥，关羽见状计上心来。他派人堵住江口，水淹于禁、庞德军队，然后乘船顺水杀向敌军。

曹军没有提防，死伤无数，于禁被迫向关羽投降，而庞德宁死不降，最终被关羽斩杀，至此支援樊城的曹军全部被关羽消灭。

关羽乘胜攻打樊城，樊城守将曹仁带兵坚守，誓与樊城共存亡。关羽连攻数日也没能攻下，于是分兵攻打襄阳，刺史胡修和太守傅方接连投降，河南土豪望风响应，警报接连传到邺中。

曹操听闻于禁投降，庞德被杀，很是悲愤，又听闻关羽进兵郏下，威震河南，又开始惊慌起来。

见关羽大军势如破竹，曹操打算迁都来避其锋芒。这时军司马司马懿与西曹掾（yuàn）蒋济提出反对意见，他们建议曹操拉拢孙权，因为孙权与刘备并非真心交好，可以允诺孙权把江南割让给他，

让他从背后出兵袭击关羽。

曹操听从了两人的建议，立即写信给孙权，果然孙权抵挡不住诱惑，答应出兵攻打关羽。

之前孙权听从鲁肃的提议与关羽结交，还替儿子向关羽的女儿求婚，关羽不肯答应并将东吴使者辱骂了一顿，孙权当时就对关羽怀恨在心。这次曹操写信约定盟约，孙权当即就答应了，并让吕蒙秘密攻取荆州。

吕蒙建议孙权让不知名的陆逊代替自己防守陆口，关羽见吕蒙被调回去，果然掉以轻心，将江陵的士兵调去攻打樊城。

当时曹操已经派徐晃领兵支援曹仁，屯兵在阳陵坡。关羽听闻曹军援兵将要到来，急忙下令围攻樊城，不料被城中放出的毒箭射伤左臂。幸好有医术高明的华佗为关羽医治，关羽才没有什么大碍。

不久，军中粮草快要用完，关羽焦急万分，多次派人向糜芳和傅士仁索要粮草。可这二人向来厌恶关羽，对他的命令置若罔闻。

关羽无奈只好派人截取东吴的粮草，谁知那时吕蒙率领大军扮作商队，已经秘密渡江来到江陵。吕蒙招降了糜芳、傅士仁，将南郡、公安一并夺去。

关羽军中将士得知南郡、公安被吕蒙所占，一时军心涣散。这时曹仁与徐晃合兵攻打关羽，关羽边战边退，他派人送信给吕蒙，责备他背弃盟约。吕蒙则派人回信说荆州本就是东吴的土地，理应收回。

关羽听吕蒙这样一说更是恨上加恨，咬着牙说道："好一个奸贼，我死也不会饶了你！"

随后，关羽率兵渡江想夺回荆州，走到半路上却遭到吕蒙、陆逊的围攻，关羽边战边逃往麦城。

关羽派人向刘封求援，刘封却迟迟不肯发兵，无奈之下的关羽

46. 三国鼎立

又向西逃到临沮。

不料关羽等人在此中了吴军的埋伏全部掉入陷阱之中，吴军一拥而上将关羽父子一并擒去。

孙权得知荆州得手，很是高兴，亲自到江陵犒赏将士，东吴群臣也都喜笑颜开。唯有立下大功的吕蒙突然得了怪病，医治无效，后来竟然七窍流血身亡，年仅四十二岁，孙权为此悲痛不已。

不久，东吴使者来拜见曹操，并向他献上关羽的头颅。曹操拿起一看，只见关羽脸色像是活人一般，不由得大吃一惊，立刻命人给关羽刻了一副木头身体，厚葬了关羽。

曹操经此一吓，头疼病复发，好几天都卧床不起，他听闻华佗医术高超，立即派人将他找来。华佗给曹操诊治一番后表示必须把头颅劈开才能医治，多疑的曹操怀疑华佗想趁机杀害他，于是将华佗关押在狱中拷问致死。

华佗临死之前将一卷医书交给狱卒，说："我将此书赠予你，希望可以救活更多人。"狱卒不敢接受，华佗只好忍痛将书烧掉。

不久，孙权又派遣使者呈上书信，信中劝曹操称帝。曹操看完信后大笑着说道："如果天命应当属于我，我就做周文王吧！"而后曹操上表封孙权为骠骑将军，封南昌侯，领荆州牧。

孙权为何如此奉承曹操呢？原来是他夺了荆州害怕刘备报复，于是巴结曹操想寻求他的援助。曹操也狡猾得很，他早就看透了孙权的用意，于是赐给他爵位，让他自己抵御刘备。

刘备听闻关羽战死悲痛欲绝，他与关羽情同手足，发誓要为他报仇雪恨。但是谋臣部将有的说先讨伐东吴，有的说先讨伐魏国，两方争论不休难以决定。

就这样蹉跎了一年多，到了建安二十五年（220年），突然从洛阳传来消息，说是曹操病死。不久，曹操次子曹丕横行无忌，公

然做出篡逆的事情来。

原来曹操一死，曹丕就继承父爵，袭位为魏王。但野心勃勃的曹丕还想篡夺汉室江山，他联合朝中大臣逼迫献帝让位。献帝无奈，只得颁布禅位诏书。

曹丕称帝后，改年号为黄初，定国号为魏，他废献帝为山阳公，勒令他出宫。消息很快传入蜀中，只说曹丕篡夺汉室江山，没有提及献帝的下落，有人说献帝已经遇害。

刘备的一班部将劝刘备继承大统，刘备不肯听从。后来诸葛亮等人联名请求刘备称帝，刘备终于答应。刘备称帝后，国号仍为汉，史学家称之为蜀汉。

曹丕与刘备相继称帝，东吴的孙权也称霸一方，改年号为黄武。

刘备即位以后封赏群臣，设置百官，册封诸葛亮为丞相，许靖为司徒，立吴氏为皇后，刘禅为皇太子。

46. 三国鼎立

安排好国内事宜,刘备就想找东吴报仇了。但是赵云和诸葛亮等人都劝刘备应该先讨伐窃国贼曹氏,再攻打东吴。

这时候,张飞突然出现跪倒在刘备面前,放声大哭,边哭边责备刘备忘了桃园结义之情。刘备被张飞说动,不顾群臣劝阻,执意率军东下,讨伐东吴。张飞也速速赶回阆(làng)州,准备带兵与刘备会合。

行军途中,刘备突然接到阆州的来信,得知张飞竟被手下张达、范强杀害,顿时悲痛欲绝。

正在这时,孙权派使者向刘备求和,刘备大怒拒绝。孙权见刘备态度坚决,一面派兵前往秭(zǐ)归抵御蜀军,一面派人向魏国上表称臣,请求援助。

曹丕收到孙权的奏表,封他为吴王,他知道孙权并不是真心归附,于是选择坐山观虎斗,没有发兵帮助东吴。

吴军来到秭归与蜀军相遇,一场交战,吴军战败退回。孙权收到消息不免惊慌,他想起陆逊才智过人,于是封他为大都督,让他领兵五万抵御刘备。

后汉 47. 夷陵之战

孙桓与孙权是同族，这次攻打刘备，孙桓自请作为前锋，吴军大都督陆逊慷慨答应。

孙桓带着一队人马赶到彝（yí）陵，不料在此与蜀军相遇。孙桓寡不敌众，被蜀军团团围住，幸好吴将朱然引兵来救援，孙桓等人才杀出重围。

蜀将吴班引兵前进，将彝陵城团团围住，孙桓急忙向陆逊求援，陆逊却不肯发兵相助。

吴国众将也纷纷请求陆逊出兵相救，但陆逊对众人说道："彝陵城高粮足，孙桓将军又深得人心，一定可以坚守下去的。只要我们打败刘备，孙桓自然就解围了。"

此话一出，众将士更是不服，但因为陆逊是全军统帅，也不敢违背他的命令，只能退出去了。

刘备到了秭归接连收到捷报，倍感欣慰，他下令各军严加防守，准备大战一场。可等了十多天，吴军这边一点动静都没有，刘备不愿再等了，亲自率领将士向东行进，直抵猇亭。

吴将听闻刘备领兵前来，纷纷向陆逊请战。陆逊不肯答应，诸将还想与之争辩，陆逊拔剑怒吼道："刘备是天下枭雄，曹操都惧他三分，我们现在面对的是一位劲敌，必须想一个万全之策才能行

47. 夷陵之战

动。如今主上把军权交给我,由我说了算,军法如山,你们决不可擅自行动,违令者立即斩首!"

众将听了陆逊的话,不敢多言,全都悻悻退出。

这时,蜀军已经遍地扎营了,从巫峡绵延至猇亭,大约有数十万屯兵。蜀军引诱吴军出击,吴军不为所动,两军就这样相持了数月。

吴将都嘲笑陆逊,说他畏惧刘备,陆逊只是上表孙权,说很快就能攻破蜀军。吴将听闻,都不知陆逊葫芦里卖的什么药。

时光飞逝,吴军与蜀军已经相持了半年之久。这时候正值盛夏,烈日炎炎,蜀军将大营都转移到树林里了。

陆逊觉得攻破蜀军的时机已经成熟了,于是召集诸将,准备对刘备发起进攻。众将疑惑不已,觉得蜀军已经占据险要地势,此时进攻不会成功。

陆逊坚持自己的判断,他对众将说道:"刘备在此驻扎这么长时间也没有得逞,已经放松警惕了,现在就是我们出击的最佳时机。"

随后,陆逊派出人马袭击蜀军,但不到半日,吴军就战败逃回。陆逊对此并不在意,他就是想让吴军轻敌,放松警惕。

傍晚的时候,陆逊召集众将士听令,让他们拿着火具,前去烧毁蜀军大营。

刘备正在营中与部将谈论军事,突然听到有人进来禀告,说是吴军前来攻打,烧毁了军营。

刘备大吃一惊,赶紧出营察看,只见四面八方都是熊熊大火。蜀军已经乱成一团,四散逃跑,吴军乘势追击,斩杀不少蜀军。

刘备在部将的掩护下仓皇西逃,吴军在后面紧追不舍。蜀兵沿路溃散,只剩下几百个骑兵跟着刘备。刘备本以为自己难逃一死,不料正巧遇上赵云领军来援。刘备命赵云截住吴兵,自己带着残众

逃入白帝城。

曹丕得知孙权打败刘备，担心孙权势力太大不好对付，就令孙权把儿子送到许都做人质，孙权没有答应。曹丕大怒，直接派出三路兵马同时攻打东吴。

吴军战胜蜀军以后，还想攻打白帝城，但陆逊担心曹丕会趁机偷袭东吴，于是下令班师回朝。

陆逊等人抵达荆州时，果然听闻魏国兵分三路来攻，当即派人火速将此事告知孙权。孙权得知魏兵来犯，提前部署防御措施，成功击退了魏军。

此次蜀吴大战，蜀军大败，不少蜀将为国捐躯，刘备又悔又恨，又恨又悲。不久，又从东吴传来噩耗，说是孙夫人以为刘备阵亡投江殉情了，刘备听后更加悲痛。

后来，东吴派使者来到白帝城，向刘备报告孙夫人去世一事，

47. 夷陵之战

并提议两国停战。刘备含糊答应,但从此以后终日郁郁寡欢,吃不好睡不好。

大概过了半年,刘备一病不起,生命垂危,他知道自己时日不多了,便召丞相诸葛亮和尚书令李严等人来到白帝城。

在病榻前,刘备对诸葛亮说:"你的才能高出曹丕十倍,必能安邦定国,如果我的儿子有才你就尽心辅佐,如果他不是当皇帝的料你就取而代之吧!"

诸葛亮听了刘备的话泪如雨下,发誓一定尽心辅佐太子以报答刘备的知遇之恩。

刘备嘱咐完所有事情之后,长叹一声,与世长辞,享年六十三岁。

刘备去世以后,太子刘禅继位,改年号为建兴,历史上称刘禅为后主。刘禅重用诸葛亮,朝中政事无论大小,都交给诸葛亮裁决。

诸葛亮为了稳固政局,打算与吴国和好。尚书邓芝窥得诸葛亮的心思,主动请求与东吴修好,诸葛亮于是派邓芝出使东吴,说服孙权与蜀联合。

邓芝见到孙权,行礼完毕便说道:"魏国本就对东吴虎视眈眈,要是蜀国也一同进攻东吴,大王两面受敌,江东之地就不复存在了。如果大王与蜀联合,进可吞并天下,退可自保,终能占据一席之地,大王一定要三思啊!"

孙权听了邓芝的话,思考了许久,最终答应与蜀结盟。

曹丕听闻吴蜀结盟,自知不妙,立即召集群臣商议起兵讨伐吴国之事。侍中劝谏曹丕应该休养生息,慢慢谋划统一大业。曹丕不肯听从,派司马懿镇守许昌,自己带兵攻打东吴。

曹丕有那么多弟弟,自己又有儿子,为何不让他们监国,却叫司马懿留守许昌呢?

原来曹丕生性猜忌,不肯信任身边的亲人,做魏王时就令弟弟曹植、曹彰前往封地。后来，曹丕想除掉曹植这个威胁自己皇位的弟弟，逼迫他七步内作一首诗，并且要以兄弟为题，若写成就能免去一死。

曹植随后就吟诵道："煮豆燃豆萁（qí），豆在釜（fǔ）中泣。本是同根生，相煎何太急？"

曹丕听了此诗有所触动，免了曹植一死，但心中仍忌恨曹植，于是将曹植贬为安乡侯。

不久之后，曹丕就亲自率领数千艘战船直抵广陵，大军到了江北后在这里停泊了一夜。吴国守将徐盛趁着夜色朦胧，把船悄悄开出来排列在江边，船中放置假的城楼，然后用芦苇扎成士兵的样子放在船上。

当时正值秋水高涨，岸边大雾弥漫，魏军看南岸布满城楼，士兵密密麻麻，一时不敢进攻。突然刮起一阵大风，白浪滔天，魏军的战船差点被掀翻，曹丕见形势不对，立即下令退兵。至此，吴军不费一兵一卒就成功将魏军击退。

蜀相诸葛亮听闻吴国与魏国交战，料知魏国无暇侵犯蜀国，于是筹足军饷，准备南征。

南中的蛮人毫无纪律经常叛变，诸葛亮采用攻心的策略对蛮人恩威并施，很快便收服大部分地区，唯独一个叫孟获的酋长不肯臣服，一直与蜀军对抗。

诸葛亮深知孟获没有什么谋略，但非常骁勇，因此打定主意将他收为己用，为蜀国效力。诸葛亮将孟获抓了七次又放了七次，孟获最终无处躲藏，对诸葛亮心服口服。他哭着对诸葛亮说道："丞相威武，无坚不摧，我们发誓再也不反叛了！"

从此，蛮人对诸葛亮感恩戴德，将他视作神明。诸葛亮还让孟获继续治理蛮人，蛮人全都欢呼雀跃。

48. 蜀魏大战

诸葛亮平定南蛮叛乱之后就班师回朝了,朝廷内外无不欢喜,蜀国也开始养兵蓄锐。两年之后,蜀国国富兵强,诸葛亮开始谋划北伐事宜。

当时,魏主曹丕病死,平原王曹叡(ruì)继位。吴主孙权趁着魏国大丧发兵攻打,最终被司马懿领兵击退。

一年之后,诸葛亮给刘禅呈上一篇《出师表》,请求北伐。

刘禅生性懦弱,不识大体,一切军国大事依仗诸葛亮处理。诸葛亮请求北伐,刘禅自然依从。随后,诸葛亮部署兵马,由阳平关进兵,前往汉中。

魏主曹叡才刚继位,他得知蜀军来犯,于是升司马懿为骠骑大将军,派他管理荆州和豫州的军事,屯兵宛城。

不久,诸葛亮率兵攻取南安、天水、安定三郡,而且还收降了魏将姜维。

魏国大将军曹真得知蜀军接连得胜,十分焦急,忙派人禀告魏主,请求派兵扼守关西。

魏主曹叡立即调集五万兵马,命张郃为前锋,自己率军作为后应,又下令司马懿前来会师,一同攻打蜀军。

诸葛亮收到张郃、司马懿合兵来攻的消息,立即召集诸将商议

对策。诸葛亮提出选一位大将镇守街亭,且这处地方是汉中的咽喉要道,绝不可失守。

参军马谡(sù)毛遂自荐,愿意镇守街亭。诸葛亮因马谡才智过人,便同意了他的请求。临行之前,诸葛亮再三嘱咐马谡一定要坚守城寨,万万不可大意。

马谡来到街亭,见到街亭前面有山,便决定在山顶安营扎寨。偏将军王平极力劝阻马谡:"万一敌军引兵围攻,切断我方水道,到时情况就危急了。"马谡却瞪着眼对他说道:"丞相遇到大事都会向我问计,你怎么懂我的计谋呢?"

王平无奈,只好自己带着一千多名士兵在城中驻扎。不料,山顶的蜀军刚刚扎好营寨,司马懿与张郃就连夜杀来,魏兵很快把山围住。

马谡多次指挥士兵向山下冲杀,全被魏军用箭射退。这时,魏将张郃又切断了蜀军的水源,蜀军更加心慌意乱,无心应战。半夜时分,蜀兵纷纷下山投降,马谡也拦不住,只好等着王平来救援。

可王平手下只有一千多人,哪里打得过十多万魏兵?他也曾努力相救,但在半路被魏兵杀退。马谡等不到救兵,只好带着残兵向西逃走。

司马懿没有去追马谡,而是带兵到祁(qí)山攻打诸葛亮的大营。诸葛亮接到王平的军报,得知马谡丢了街亭,悔恨万分,于是急忙退回西城,并下令诸将收兵赶回阳平关。

这时突然有人来报,司马懿带着十多万大军杀过来了。可眼下城中蜀军不到几千人,蜀将全都惊慌不已,只有诸葛亮淡定自若,谈笑风生。

等到司马懿大军来到城下时,诸葛亮下令全城偃旗息鼓,大开城门,只派几个士兵清扫街道,他自己则带了两个书童坐在城楼上

48. 蜀魏大战

焚香弹琴。

司马懿见诸葛亮这番举动,十分疑惑,他思考了许久,猜测城中必然有埋伏,于是引兵退去。

诸葛亮见司马懿退兵,不由得拍手大笑起来,他料到司马懿会从小路撤退,立即派人去北山设下埋伏。

果然如诸葛亮所料,司马懿正是带兵从北山逃跑,结果遇上蜀兵伏击。他以为蜀兵追来了,慌忙之下将辎(zī)重全部丢弃,拼命逃跑。蜀军将士轻轻松松获得大批辎重,班师回阳平关了。

诸葛亮回到汉中后挥泪斩马谡,以正军法。马谡死后,诸葛亮自责地说道:"先帝曾说过不能重用马谡,我却没有听从,如今误了大事,我也难辞其咎(jiù)啊!"

随后,诸葛亮上表刘禅,请求处罚自己。刘禅听从朝中大臣的建议,贬诸葛亮为右将军,但还是代行丞相的职责。

失街亭挥泪斩马谡

从这之后,诸葛亮便一心操练兵马,收罗人才,等待时机再次北伐。

后来,诸葛亮听说吴国打败魏国,又想乘机北伐。不料镇军将军赵云这时候病逝,群臣认为国家损失大将,不宜兴师,但诸葛亮仍执意北伐。后主对诸葛亮唯命是从,当然听从他的提议。

诸葛亮领兵数万,首先进攻陈仓,但是蜀军接连进攻了二十多天,仍没有攻破。不久,魏将费耀、张郃领兵救援陈仓,诸葛亮见军粮不够,只好引兵撤退,并命魏延断后。

不久,孙权称帝,他派使者到蜀国请求结盟。蜀主刘禅听从了诸葛亮的建议与吴国结盟,并派使者前往东吴祝贺。

吴国与蜀国约定,打败魏国后平分中原。当时三国鼎立,魏国地盘最大,蜀国地盘最小,所以吴国与蜀国都想打败魏国,瓜分其地盘。

建兴九年(231年)春天,诸葛亮再次起兵北伐,进攻祁山。当时魏国大司马曹真去世,司马懿手握兵权。司马懿得知蜀军来犯,立即带着张郃等人去解救祁山。

诸葛亮得知司马懿亲自来救援,偏偏不去迎战,他留下王平攻打祁山,自己则带着魏延、姜维等人前去攻打上邽(guī)。

上邽守将根本不是蜀军的对手,差点全军覆灭,幸好雍州刺史郭淮领兵救援才保住城池。此后,郭淮等人就闭城坚守,诸葛亮也不急着进攻,而是下令士兵四处割麦子充作军粮。

司马懿收到郭淮的求援信,急忙领军前往救援。魏军走到上邽城东,恰好遇见蜀将魏延和姜维的军队。但司马懿只是占据险要地势坚守,不与蜀军开战。

几天过去,司马懿派张郃前往解救祁山,自己则带兵迎战诸葛亮。司马懿与诸葛亮交战一番后大败,狼狈逃走,魏军损失三千多

48. 蜀魏大战

名士兵。

张郃听闻魏军大败立即退回,两军又相持了一个多月。

不久,诸葛亮得知郭淮想要偷袭剑阁,于是派姜维、马岱等人前去阻击。这时,蜀国大臣李平来信,请诸葛亮即日班师回朝。诸葛亮对此非常震惊,但也不敢违抗皇命,无奈下令全军返回汉中。

司马懿得知诸葛亮撤兵,立即派张郃前去追击。不料诸葛亮早已设下埋伏,张郃被蜀军乱箭射死,魏军死伤数千人。司马懿听说张郃战死,不愿再战,也收兵回去了。

诸葛亮回到汉中被刘禅质问为何退兵,诸葛亮将李平的书信呈上,大家这才明白其中原委。原来是李平害怕不能按时把粮草运到,所以假传军情和皇命,劝诸葛亮撤兵。诸葛亮与刘禅非常生气,将李平贬为庶人。

一段时间过后,诸葛亮与孙权分别领兵十万,一同攻打魏国。魏主曹叡派秦朗与司马懿领兵抵御蜀军,自己则率兵抵御吴军。

没想到孙权的军队很快被魏军打败,灰溜溜地撤回东吴去了。司马懿与诸葛亮对阵,但他只守不战,诸葛亮也拿他没辙。

诸葛亮多次派人给司马懿下战书,催促司马懿出战,提出无论斗将、斗兵还是斗阵,全由司马懿挑选。司马懿被诸葛亮多次紧逼,终于答应出来斗阵。

诸葛亮随即布下八卦阵,司马懿派兵去破阵,但全都失败了。此后司马懿再也不出战了。

诸葛亮见状心生一计,他派人给司马懿送去女人的衣服,还嘲笑司马懿胆子小如女人一般。司马懿强装淡定,笑着说道:"孔明竟然把我比作妇女吗?"

司马懿从使者口中得知诸葛亮事必躬亲,而且食欲不振,知道他活不久了,更是坚决不出战。

　　两军就这样相持了三个多月,诸葛亮竟然抑郁成疾,一病不起。蜀主刘禅听说后,派仆射李福前去探望,并向诸葛亮咨询治国大计。

　　随后,诸葛亮召入杨仪、姜维,秘密嘱托后事以及退兵之法。

　　黄昏的时候,诸葛亮忽然看见一颗流星向营中坠下,顿时大惊失色,"哇"地叫了一声,吐出一口鲜血。知道自己不久于人世,诸葛亮立即口述遗书。等到半夜诸葛亮就去世了,享年五十四岁。

49. 三国纷争

诸葛亮死后,杨仪和姜维遵照他的遗嘱秘不发丧,只是将遗体放在马车上,秘密撤军。

但司马懿收到探子来报,得知诸葛亮已死,于是立即率兵追击蜀军。正当快追上的时候,蜀军突然回身杀来,并齐声呼喊道:"司马懿休要逃走!你已经中计了,快来受死!"

司马懿见状仓皇逃命,一口气跑了好几十里才停下。司马懿再派人打探蜀军动静,得知蜀军已经退入斜谷,正为诸葛亮发丧。司马懿再率兵去追,可已经为时已晚,蜀军早就跑得没影了。

回程途中,司马懿听见有人唱:"死诸葛吓走生仲达。"他一点也不生气,只是自嘲道:"我能料生,可是不能料死啊!"率大军退回长安。

蜀军返回时,大将魏延突然发动叛乱拦住去路,还威胁杨仪交出兵符。后来杨仪与魏延交战,魏延战败逃走,不久被马岱斩杀。

几天之后,杨仪等人带着诸葛亮的灵柩(jiù)回到成都,刘禅带着百官迎丧,沿途百姓痛哭不已。刘禅遵照诸葛亮的遗愿,将他葬在汉中定军山。

蜀地的官员和百姓因感念诸葛亮的恩德,多次请求为他立庙,蜀主刘禅听从民意,在沔阳为诸葛亮修建祠堂。

刘禅遵从诸葛亮的叮嘱,重用蒋琬,他任命蒋琬为大将军,封费祎(yī)为尚书令。蒋琬和费祎都是很有才干的人,他们同心辅佐朝政,蜀国国内还算太平,魏国与吴国也没有来犯,好几年没发生战事。

魏主曹叡却坐享太平,不思进取,整日寻欢作乐,还大兴土木,群臣上疏劝阻,他丝毫不当回事。曹叡宠妃众多,却没有生出一个儿子,无奈之下曹叡在宗室里挑选了曹芳与曹询两个小孩当作自己的儿子。

当时幽州刺史毋丘俭上表,称公孙渊自称燕王起兵造反了。曹叡立即派太尉司马懿带兵前去讨伐。

公孙渊根本不是司马懿的对手,很快战败,他派人向司马懿乞降,可司马懿不肯接受。公孙渊只好带着家眷亲信弃城逃跑。司马懿早已派人在半路埋伏,最终将公孙渊等人全部抓获。

49. 三国纷争

司马懿下令斩杀公孙渊及其家族与亲信,辽东就此平定。

魏主曹叡荒淫无度,最终酿成大病,才三十五岁就已经骨瘦如柴,奄奄一息了。眼看自己命不久矣,曹叡下诏立曹芳为太子,命曹爽为大将军,与太尉司马懿共同辅佐储君。

过了一夜,曹叡去世,太子曹芳继位。曹芳这时才八岁,懵懂无知,他把司马懿当作父亲一般看待,遇到事情都向他请教。司马懿也假仁假义,对曹芳非常照顾。

大将军曹爽有几位心腹,分别是毕轨、何晏(yàn)、邓扬、李胜、丁谧(mì),这几人在当时都很有名气。何晏劝谏曹爽说:"国家大权万万不可落在外姓人手里,您一定要提防司马懿,不要被他牵制。"

在何晏的建议下,曹爽推荐司马懿担任太傅,夺了他的兵权,然后将自己的亲信安插在重要岗位。这样一来,朝政大权基本上被曹爽握在手中。

司马懿早已看透曹爽的心思,但他只是冷眼旁观,没有与曹爽撕破脸。

正始二年(241年)夏天,吴国发兵攻打魏国,曹爽听闻消息手足无措,立即派人请司马懿前来商议对策。可司马懿却以生病为借口,不肯上朝。军情接连告急,群臣都指望曹爽可以带兵出征,但曹爽没有经过战阵,不敢出兵。

在这危急时刻,司马懿站出来了,他主动要求带兵出征。群臣得知司马懿愿意出师,当然赞成。大军出动的当天,少主曹芳亲自率领百官相送,曹爽见状也只能暗自生恨。

才过去十几天,司马懿就得胜归来,曹芳对他加以厚赏。曹爽相形见绌,不免神伤,邓扬、李胜等人劝曹爽必须立功,才能压过司马懿。于是曹爽执意亲自领兵攻打蜀国,司马懿极力劝阻,但曹爽不肯听从。

正始五年（244年）春天，曹爽带领十多万兵马直逼汉中，但他根本不懂行军作战之法，在与蜀兵交战时败得一塌糊涂，十万兵马死伤过半。

曹爽战败回朝后还不知悔改，仍然肆意妄为，朝中大臣也没人敢弹劾他。司马懿又称病需要静养，几个月都没有上朝。

曹爽派心腹李胜去司马懿家里打探虚实。司马懿在李胜面前装聋作哑，表现出生命垂危的样子。李胜回去禀告曹爽，曹爽大喜，对司马懿放下戒心。

正始九年（248年）正月，少主曹芳出宫前往高平陵祭拜先帝，曹爽兄弟及其亲信都一同出行，唯独司马懿称病没有跟从。曹爽认为司马懿快要病死了，对他没有防备，便安心离京。

曹爽等人一走，司马懿就发动兵变，掌控了京都。曹爽得知消息，吓得目瞪口呆，面如土色。

这时，曹爽的谋士桓范从都城脱身投奔而来，建议曹爽带着小皇帝前往许都，以天子的名义发号施令，调集外地的兵马讨伐逆贼。

曹爽听了桓范的话犹豫不定，思考良久后说道："还是不起兵了，我就算被罢免，还可以做个富家翁呢！"桓范听曹爽这么一说，万分失望地离开了。

然而，就算曹爽交出了兵马大权，司马懿也没有放过他。不久，司马懿就以曹爽意图谋反为由将曹爽及他的亲信陆续抓捕并诛杀。此后，司马懿开始掌握魏国朝政大权。

夏侯霸与曹爽关系密切，他担心受到陷害，于是逃入汉中向蜀国乞降，姜维热情接纳了他。夏侯霸详细告知姜维魏国国内的形势，姜维觉得攻打魏国的机会来了，于是上奏请求北伐。刘禅同意了他的请求。

姜维信心满满地率兵北伐，不料很快被魏将郭淮、陈泰击败，

49. 三国纷争

失望而归。姜维还不死心,又派使者去东吴,打算约吴国一起攻打魏国。

吴主孙权已经年老,此时正为了后宫争权之事头疼,哪有心情对外出战。他对蜀国使者含糊应付了几句,就让他回去了。

原来孙权宠妃众多,她们争权夺利,都想让自己的儿子当上太子,闹得后宫不得安宁。孙权为此心烦意乱,郁郁寡欢,最终气绝身亡,享年七十一岁。

孙权死后,诸葛恪(kè)等人拥立太子孙亮登上帝位。诸葛恪是诸葛瑾的儿子,很有才干,孙权在世时十分器重他,孙权临死前下令让诸葛恪担任首辅。

当时,司马懿已经病死,他的儿子司马师被封为大将军,代替父亲执掌朝政。魏国朝臣得知孙权去世,纷纷向司马师进言请求东征。司马师听从众议,派出三路大军攻打东吴。

警报传来,诸葛恪急忙率军抵御。两军一番激战,魏军大败,魏将率领一些残兵即刻退回。诸葛恪凯旋,吴主厚赏了他,命他掌管内外军事。

过了一年,诸葛恪又想出兵伐魏,吴国大臣纷纷劝阻,诸葛恪于是派人去蜀国,约定一同讨伐魏国。蜀国卫将军姜维志在北伐,他一口答应了诸葛恪的提议。

结果在作战的半道中,姜维因军粮紧张撤军而去,吴军攻城不力不战而败,还损失大量军械。诸葛恪不仅不反省,还将罪责归咎于将士,都中百姓对他非常失望。

侍中孙峻(jùn)想与诸葛恪争权,他设计谋害诸葛恪,将他除掉。诸葛恪死后,孙峻被封为丞相大将军,吴国的军政大权落入他手里。

后汉 50. 三国归晋

魏主曹芳继位十多年了,可一切国家大事仍掌握在司马氏手里。司马懿诛杀曹爽以后,威震朝野,除掉不少政敌。

后来司马师承袭父权,他的权势超过他的父亲。魏主曹芳渐渐长大,自己没有一点权力,心里很是不乐意。

皇后甄氏病逝之后,曹芳立光禄大夫张缉(jí)的女儿为皇后。张缉不仅不能参与政事,还被司马师强迫在家避嫌,张缉为此心怀怨恨。

夏侯玄与曹爽是亲戚,他因受曹爽连累被夺去兵权而怏怏不乐,私下联合李丰、张缉等人密谋除掉司马师,曹芳将他们视为心腹。

不料事情泄露,司马师大怒,下令处死了李丰、夏侯玄、张缉等参与密谋的人。司马师还不解气,竟然带剑入宫,见到曹芳后便瞪着他问:"张家的女儿在哪?"

曹芳战战兢兢地说:"张家的女儿是谁?"

司马师凶狠地说道:"就是张缉的女儿!"

曹芳说:"张缉有罪,可是他的女儿并不知情,求大将军饶了她吧。"

司马师又说:"这是逆贼的女儿,就算说不知情,也不能再做国母。应该马上废黜!"

曹芳听了，低着头无话可说。没几天，张氏就暴毙身亡，想必是被司马师害死了。

曹芳无计可施，只得立王氏为后，但心中对司马师更加怨恨。司马师也猜忌曹芳，想废掉他。

这时，蜀将姜维出兵伐魏，进攻河关、临洮诸县。司马师收到警报，调弟弟司马昭回京，打算让他带兵抵御蜀军。

司马昭是一个非常警觉的人，他回京后察觉出曹芳想对他们兄弟不利，于是打算先发制人。他找来司马师一同商议废掉曹芳的计策。

不久，司马师就逼迫群臣上奏郭太后，指责曹芳荒淫无道、听信谗言、亲小人远贤臣，希望郭太后同意废掉曹芳的帝位。郭太后无奈，只能依从。

就这样曹芳被废，司马师等人立曹丕的长孙曹髦为帝。曹髦当

姜维猛北伐魏

时十四岁,他称帝后,改年号为正元,大赦天下。

这时,魏国国内发生动乱,扬州都督毋丘俭与刺史文钦起兵讨伐司马氏。司马师命弟弟司马昭暂理朝政,自己带兵讨伐叛贼。

叛军兵力不足很快被打败,可司马师也因为舟车劳顿导致眼疾恶化,不久就病死了。司马昭取得官印,接替了司马师的职位,朝政大权又被司马昭掌控。

蜀将姜维得知司马师已死,又准备大举伐魏,他与车骑将军夏侯霸等人领兵数万,进兵枹(fú)罕。姜维与魏将王经在洮水相遇,两军大战,王经大败逃回狄道城,姜维继续领兵围攻。

司马昭得知王经战败,派出大将邓艾前去支援,魏将陈泰也连夜领兵来助。姜维听闻魏国派两路大军来支援,急忙收兵退回钟堤。邓艾见蜀军撤退,并没有收兵,而是屯兵在祁山,防备蜀军来犯。

一年后,姜维又从钟堤出兵,途中得知有魏军屯兵在祁山,于是改攻南安。邓艾早已料知蜀军动向,派军截住蜀军去路。姜维只好改变目标,攻打上邽。

不料邓艾在半路设下埋伏,杀得蜀军七零八落,幸好夏侯霸来支援,姜维才杀出重围。

这次姜维失败而归,损失惨重,邓艾处处占了先机,他比姜维更有谋略。蜀国上下都埋怨姜维,姜维上表请罪,刘禅贬他为后将军,仍代行大将军之职。

司马昭执掌朝政后,想要除掉那些对自己不满的人,他派人打探得知扬州都督诸葛诞(dàn)怀有二心,暗自图谋除掉他。

诸葛诞得知司马昭想加害自己,于是率先动手,他起兵反抗司马昭,并送儿子到吴国做人质,乞求援助。

当时吴国丞相孙峻已死,他的弟弟孙綝(chēn)执掌东吴大权。刚刚上位的孙綝正想立功,于是派出全端、唐咨等人领兵三万,前

50. 三国归晋

往支援诸葛诞。

司马昭得知诸葛诞起兵造反,立即入宫逼迫魏主曹髦亲征,并让郭太后同行。郭太后与魏主不敢不从,即刻领兵出战。

吴军的兵马先一步到达寿春,帮助诸葛诞抵御魏军。魏军来到之后,将寿春团团围住。两军交战,吴军多次被击退,孙綝又派了几拨军队援救寿春,但全部战败。

孙綝一怒之下斩杀大将朱异,吴军对此多有怨言,孙綝自知难以控制局面,索性退回吴都去了。

失去援助的诸葛诞更加势单力薄,司马昭围攻寿春半年多以后,最终攻破此城。城内的守将和支援诸葛诞的吴兵纷纷投降,司马昭妥善安顿了这些降兵,众人心悦诚服。

吴国大将军孙綝引兵回都后,虽然威名受挫,但依然专横无道。当时吴主孙亮已经十六岁,他见孙綝专权,心中不平,于是与朝中大臣密谋除掉孙綝。不料事情先行败露,孙綝大怒发动兵变,把孙亮废为会稽王,迎立琅琊王孙休为帝。

孙休称帝后,表面上恩宠孙綝一门,但暗地里时刻提防。孙休的心腹张布建议召老将丁奉入朝设法除掉孙綝,孙休听从了张布的建议。丁奉入朝后献上一计。

到了腊日这天,朝廷宴请群臣,孙休趁机在宴会上拿下孙綝。孙綝一个劲地求饶,孙休不肯答应,命人将他斩首。接着,孙休又命丁奉斩杀孙綝兄弟及其家属,江东从此安定。

吴国这边刚刚除掉叛贼,魏国那边却发生弑君之事,下手的是太子舍人成济,主使者是大将军司马昭。

原来,魏主曹髦对司马氏专权十分不满,于是带着大臣王经等人一起讨伐司马昭。司马昭的亲信贾充带着禁军前来阻止,混乱中他命成济刺死曹髦。

曹髦死后，司马昭将成济拉来顶罪，下令诛杀并夷灭三族，改立燕王曹宇的儿子曹璜（huáng）为新主。后来曹璜改名为曹奂（huàn）。

而蜀主刘禅宠信小人黄皓（hào），渐渐被他蛊惑，终日沉溺酒色，坐享太平。大将军姜维一直主张北伐，时不时侵扰魏境，但屡屡失利，朝中大臣对他颇有怨言。

司马昭见蜀国多次来犯，不再忍气吞声，派出邓艾、钟会、诸葛绪兵分三路攻打蜀国。

姜维立即领兵在剑阁抵御。剑阁地势险要，魏军见无法攻破，便另寻他法。魏将邓艾偷偷率领部众跋山涉水，披荆斩棘，绕过蜀军守卫之处来到江油。江油守将毫无防备，慌忙开城投降。

不久，邓艾又打败蜀将诸葛瞻（zhān），进兵绵竹。后主刘禅为求自保，开城向邓艾投降，蜀汉从此灭亡。蜀汉从先主刘备登基到刘禅投降，共计四十三年。

50. 三国归晋

刘禅投降后还敕（chì）令姜维投降，姜维表面上向钟会投降，但暗地里还图谋复国。姜维知道钟会有谋反之心，于是挑唆钟会陷害邓艾谋反。

后来郭太后病亡，钟会假传太后遗诏讨伐司马昭。不料途中有人叛乱，钟会被自己的部将杀害，姜维见复国无望也拔剑自刎了。

吴主孙休继位六年了，他听说蜀国投降魏国，担心魏国接下来会攻打东吴，整天忧心忡忡，后来竟一病不起，不久就去世了。

吴国大臣因太子年幼，难以保全国家，于是立孙休的侄子孙皓为帝。孙皓继位之初还颇为开明贤德，后来露出本性，整日沉溺于酒色，荒淫无道，不仅杀害了劝谏他的大臣，还逼死了景皇后和她的两个儿子。吴国有这样的君主，怎么能长久呢？

而魏主曹奂虽是一国之主，但早已与傀儡无异，左右侍臣全都是司马氏的爪牙。他能在位六年，全赖司马昭不肯接受禅让。后来司马昭去世，他的儿子司马炎便逼迫曹奂让位，自己当了皇帝。

司马炎称帝后，改国号为晋，后来东吴也被晋灭国，魏、蜀、吴三国终归于晋国。